U0667911

大鸥放歌

曹树高 ⊙ 著

江苏大学出版社
JIANGSU UNIVERSITY PRESS
镇江

图书在版编目(CIP)数据

大路放歌/曹树高著.—镇江:江苏大学出版社,
2014.1(2016.9 重印)
 ISBN 978-7-81130-655-2

 Ⅰ.①大… Ⅱ.①曹… Ⅲ.①长篇小说－中国－当代
Ⅳ.①I247.5

 中国版本图书馆 CIP 数据核字(2014)第 007054 号

大路放歌
DA LU FANG GE

著　　者/曹树高
责任编辑/米小鸽
出版发行/江苏大学出版社
地　　址/江苏省镇江市梦溪园巷 30 号(邮编:212003)
电　　话/0511-84446464(传真)
网　　址/http://press.ujs.edu.cn
排　　版/镇江文苑制版印刷有限责任公司
印　　刷/虎彩印艺股份有限公司
经　　销/江苏省新华书店
开　　本/890 mm×1 240 mm　1/32
印　　张/6.75
字　　数/166 千字
版　　次/2014 年 1 月第 1 版　2016 年 9 月第 4 次印刷
书　　号/ISBN 978-7-81130-655-2
定　　价/26.00 元

如有印装质量问题请与本社营销部联系(电话:0511-84440882)

序　一

　　交通是国民经济和社会发展的基础性、先导性产业。加快交通发展,对于富民强国,加快现代化进程具有十分重要的意义。改革开放以来,特别是进入 21 世纪以来,交通事业取得了突破性的长足发展。交通战线上的广大干部职工怀着强烈的责任感、使命感、紧迫感,以主人公的姿态,不分昼夜,不论寒暑,奋战在各个角落,劈山开路,筑基架桥,在祖国的大地上树起了一座座丰碑。同时,交通人也创造出了一幕幕感人的故事。许多故事给人留下了深深的烙印,让人难以忘怀。小说《大路放歌》只是从一个侧面,反映了交通人的精神风貌。

　　《大路放歌》虽然描写的是以新江市交通局长路业清为代表的一个交通群体的生活、情感以及在交通事业上奋斗的经历,但纵观交通事业的发展,这仅仅是一个点,就这一点,足可以看出改革开放后,社会发展之快速,人民群众生活水平之提高,交通在人民群众心目中的地位。"要想富,先修路",这是广大老百姓发自内心的呼唤,也是社会发展与进步的需要。正是这样,广大交通人才不遗余力,苦干实干加巧干,加强交通基础设施建设,改变交通落后状况。

　　作者曹树高同志,从农村到部队,在部队近二十年时间里,主要从事政工工作。20 世纪 90 年代,他从部队转业到地方,一直在镇江市交通局机关工作。21 世纪以来的十多年,作者曾参与了"润扬大桥"和"泰州大桥"的工程建设，亲历了交通的发展与繁荣，以身在交通的切身体验，对交通干部职工的勤劳较为了解，对交通干部职工的辛苦较为体察，对交通工程建设也较为熟悉。作者对交通事业的情感来自于工作实践，是那些千千万万奋战在交通战线上，尤其是路桥工程上的建设者，流血流汗，创造了可歌可书的事迹。正是这些千千万万普通人的事迹感染了作者，使得作者不得不拿起笔为他们而书，为他们而歌。

作者在文学道路上，一直在不断地辛勤探索，曾发表过多篇短篇小说，一篇中篇小说，近百篇散文和随笔。小说《针尖上的歹毒》曾获全国"塑化杯"优秀作品佳作奖，散文和随笔也多次在市里获奖。这本《大路放歌》是作者的第一部长篇小说，也是他历经几年时间的酝酿、筹划，甚至磨砺，创作而成的。对作者的成功，我感到由衷的高兴。因为这是一部描写交通行业的小说，反映交通行业的人与事。故事生动形象，符合交通的实际状况，符合时代的潮流。

滚滚大江东流去，遍地英雄下夕烟。我们所处的时代，是英雄辈出的时代，我们所处的社会，是飞速发展的社会。我们完全有理由相信，在我们这个时代还会出现更多更好的英雄事迹，也相信作者会不遗余力，在创作道路上继续前行。

丁　锋

2013 年 10 月

序 二

交通是国民经济和社会发展的基础性产业,社会发展和进步离不开交通建设。早在秦始皇统一中国后,就实行了"车同轨,书同文"的政策,发展交通事业。秦代之后,历朝历代无不重视交通基础设施建设。中华民族具有灿烂的文化历史,其中交通文化就是一朵奇葩,这是一代代交通人自强不息,历经千辛万苦创造而成的。

小说《大路放歌》就是描写交通行业的作品。我了解并熟悉《大路放歌》作者曹树高同志,他自部队转业到镇江交通局工作后,先后在交通局机关的宣传处、纪委监察室、组织人事处工作。在交通战线工作二十多年里,他一贯工作细致,认真负责。无论观察问题,还是处理事务,都会缜密周全地办理各类事务。正是这种严格的工作态度和严谨的作风,培养和锻炼了他的文风,才使得他细心地撰稿,写出了这本《大路放歌》。

《大路放歌》辞达情。小说塑造了在交通战线上工作近三十年的交通局长路业清,以及在交通事业上奋斗的一个群体,讲述他们的工作、生活和情感。如果没有对交通的深入了解,没有在交通工程建设上的深切体验,是很难写出这些故事情节的。特别是书中描写路业清在局长工作岗位上勤勤恳恳、任劳任怨,很少真正休过星期天和节假日，为着交通事业的发展一直默默奉献，这精神确实感人。

《大路放歌》书达识。小说多用白描的笔法，这是作者写作小说的一大长处。在书法上，没有龙飞凤舞，让别人看不懂。作者没有把主人公路业清描述成境界多么高尚的英雄和完人。当路业清在无端受到妻子猜疑、纠缠时，他的感情也发生过动摇，他也想到过去的恋人，想到她不会这样不明智、不理解，甚至想到过去的恋人一定会体谅他关心他。书中有两处，他一度也向过去的恋人提出，想要翻开封存已久的那段感情，只是过去的恋人顾及双方家庭、顾及社会舆论，坚决果断地作了回绝。这一描写既合情又合理，也符合现实。

《大路放歌》歌达意。作者在小说的第十二部分特意安排了两首歌曲。第一首是路业清站在刚通车不久的桥上听到一位小伙子唱的，歌声代表了老百姓盼望建桥、方便交通的迫切愿望。第二首是写交通人在建设工地，住工棚，睡地铺，无论条件多么艰苦，为了大路平坦，为了交通发达，他们舍小家为国家，为社会做无私的奉献。

当作者把书稿呈放在我面前时，我很愉快地接受邀请为之作序，因为这不仅是作者个人的事业，颂扬交通行业也是我们每个交通人的责任和义务。我衷心地希望有更多的文艺作品，反映交通行业的特点，反映交通建设的光辉，我也由衷地为作者能创作出反映交通人和事的作品而高兴。

弘扬交通文化，共建和谐社会，离不开宣传交通精神，这不仅是一项政治任务，也是当前交通文化建设的任务之一。在新的形势下,交通面临着良好的发展机遇,同时也面临着严峻的挑战。迎接挑战,抢抓机遇,开拓进取,建设交通文化必定大有作为。我们真诚地期待社会各界关心交通事业发展,真诚地期待大家都来关心交通文化建设。让我们携手努力,共同开发交通文化瑰宝,繁荣交通文化事业!

李 坚
2013 年 10 月

一

　　朱丽华早早地下班,在家准备了满满一桌饭菜,拿上一瓶上好的红葡萄酒。然后解下围裙坐在沙发上,手里的电视遥控器不停地换台。她在等着丈夫和女儿回来一起共进这具有特别意义的晚餐。

　　中央一台的新闻联播已经结束了,她心里嘀咕着,这两个人怎么搞的,还不回来。她又换了几个台,觉得没有什么好的节目,重新调回到一台。敬一丹在焦点访谈上讲了些什么她没一点兴趣,头靠在沙发上迷迷糊糊地睡着了……

　　“嘀铃铃……”一阵急促的电话铃声惊醒了她。她从小茶几上拿起话筒,就听到——

　　“喂,老妈,我不回来吃晚饭了,同事请我们一块儿聚聚……”

　　“你这个死丫头,不回来也不早点说。”

　　“现在说也不晚呀。”

　　“不晚?几点啦?”

　　“才8点10分。”

　　“喂,小群,什么时间回来,你爸呢?”她想女儿不回来,丈夫回来也一样。

　　“我大概10点吧。啊,我爸同贺总一块去长山了,可能比我还要迟。老妈,你就先吃吧。”

　　朱丽华啪地将电话搁下,叹口气,他真的忘了,忘了26年前

1

的今天一起走进新房，一起开始新生活。她的感情潮水在不停地奔涌，思绪随着潮水一波又一波地推进，眼前仿佛又回到了那年的今天……

在交通局机关工作三年的路业清与她终于手挽手走进婚姻的殿堂。那时的婚礼是多么简单啊，同事和朋友很少参加，只有几个附近的亲戚。她母亲疼爱女婿，说，那就简单点吧。还是父亲坚持，说我们姑娘这么大了出嫁，总该放个炮响一响，让左邻右舍知道知道，我们也得把亲戚请来吧。就这样，婚礼上只有双方的亲戚，一起才三五桌人。新房是他和她共同用石灰水粉刷的，现在想来真叫寒碜。不过，婚后两人的生活十分充实和幸福。他单位比她医院远，她经常坐在他的自行车后面去上班。每到节假日，小两口总是一道出门一道进门。邻居李大妈和王大妈总是夸他们是天造的一对，地设的一双。

再后来，他从办事员提升到副科长、科长、副局长，三年前提升为局长。也就是当了局长后，他时常深更半夜才回来，也不知他在外搞什么。去年初，他的那个女同学叫什么贺金莘的从武汉调来新江后，她觉得他在家的时间更少了。她总怀疑他们老同学老情人到了一起，说不定哪天会做出什么事来。自去年下半年，女儿大学毕业安排到交通系统工作，她觉得有女儿在他们身边盯着，才稍稍放心些。哪知这丫头最近老是偏着他们，甚至还说那个女的这个好那个好，左一个贺阿姨右一个贺阿姨的，弄得自己倒不像是她的妈，姓贺的倒是她的亲娘似的。每次听到女儿这样亲热地称呼贺金莘，她总是冷冷地注视着女儿……

"呼，呼呼……""妈，我回来了。"女儿在门外叫着。

"你没带钥匙吗？自己开。"她还在生女儿的气。

路小群进门换了拖鞋，刚准备问老妈为什么不开门，抬头见一桌子好菜，立马改口："老妈，今天是什么好日子，烧了这么多好吃的。"说着就拣起一块五香牛肉放进嘴里："早知家里有这么多好吃的,那饭局我就推掉回来啦。"

"去,洗洗手。"朱丽华板着面孔,"再好的日子你也记不住,还有那位局长大人。"

"我爸呀,他这几天够忙的了。"说着又神秘兮兮地,"告诉你吧,这次人大会上,有不少人大代表一致向市政府提出,长山乡的交通太落后了,要修一条通往山里各村的柏油路。我估计呀,今天老爸和贺阿姨是去山里察看地形了。"

又是贺阿姨,朱丽华满肚子不高兴。她又一想,这死丫头平时虽然总向着那个姓贺的女人,但在大是大非面前总不会含糊不清的,自己毕竟是她的亲妈,她总不会希望看到爸妈离婚吧。于是,口气缓和了许多,问:"你爸是局长,他看地形理所应当,那姓贺的去干什么? 她又是个女人。"

"老妈,这你就不知道了。贺阿姨是交通规划设计院的主任,她不去谁去?"说完她稍停,觉得老妈的话里有话,马上反问道:"听老妈的口气,好像怀疑什么? 告诉你老妈,我老爸不是那种人。再说贺阿姨人也挺好的,你就放一百二十个心吧。"说完扭头进了自己的房间。

朱丽华对着电视机,思想疙瘩还是没解开。她和同事平时议论时,谁谁的老公有了外遇,谁谁的女人红杏出墙,还大闹了一阵。现在的社会太复杂了,特别是那些有钱有权的人,有几个没有情人? 当初她坚持让女儿进交通就是为了能盯住他,起码也能听到什么。没想到,女儿工作不多久,就让姓贺的给骗了,把她手下的一个小伙子介绍给小群。这死丫头这会儿正在热恋之中,哪有心思管他们之间的事呢。看来这个女人真不简单。她越想越紧张,越想越觉得不对头,原先半闭着的双眼大睁起来。她关掉电视,几次想打电话找他,又怕他正忙。犹豫再三,她终于下定决心,拿起电话拨了路业清的手机。网络小姐讲了句英语,接着告诉她对方手机关机。这下她更紧张了,难道他和她真的在一起?她脑子里满是丈夫和贺金苹在一起的镜头。

看看女儿已经睡了,朱丽华索性关了灯坐在床上等着他回来。

路业清轻手轻脚开门,又轻手轻脚进了卫生间。他知道,他回来得太晚了,妻子和女儿都已睡了。当从卫生间出来进入房间时,他大吃一惊,朱丽华正坐在床上。

"你还没睡?"

"睡?怎么能睡得着。"

"怎么啦,有什么心事?"

"自己的老公在外面这么晚没回来,我能睡得着?"

"啊,对不起,我有点事,让老婆大人久等了。"他半开玩笑地向她道歉。

"有点事?你哪天没事?哪来那么多的事,啊?每天一早就出去,深更半夜才回来,多少事忙不完?"

"你不知道,最近真有许多事……"

"我知道,你们在一起有谈不完的话,谈得开心时还有这个家,还有老婆?"

路业清一听朱丽华的口气不对,忙解释:"我自当了这个受累的局长,要做的事情真是很多很多,实在没有时间陪你和小群。我真的是没办法呀!"

"我还敢要你来陪?你还是多陪陪你的那位老同学老恋人吧,人家现在可真是孤独一人啊。"朱丽华越说嗓门越高。

"哎呀,你胡说什么呀。"

"你敢做,还不让人讲。"

"我做什么了?"

"你没做? 我问你,今天你和谁在一起,手机为什么不敢开,又是这么晚才回来,究竟干了什么?"

"你呀,想得太多了。我和贺金苹下午去了长山。长山乡的领导非要向我们汇报修建新长公路对长山乡的发展意义。他们三四个人,一个人讲了近一个小时,等会议结束已是晚上7点了,就在乡政府食堂吃了点饭。"他稍停后,又进一步说道,"丽华,我和贺金苹是同学不假,但我和她真的没什么关系。要说关系纯属工作关系,我是局长她是设计院主任……"

还没等他讲完,朱丽华马上插进来说:"我可没说你和她有关系啊,这是你自己心虚……"

"喂,你们不睡觉,还不让别人睡,深更半夜吵个没完。"路小群揉着惺忪的睡眼,"告诉你,老妈,老爸和贺阿姨真的不是你想象的那样,你不要一天到晚疑神疑鬼的。"

"嘿,这死丫头,你嚷什么……"

"好了,小群,去睡觉吧。"路业清关了灯躺下了。

路业清一早就坐在会议室里,他再次把办公会的内容理了一遍。当他抬起头时,贺金苹进来了。她是特邀前来参加办公会,就新长公路的设计提出设想的。

"路局长,你身体不舒服吗?"她坐在他对面,关切地问着,"你的脸色怎么这么难看?"

"啊,没什么,只是昨晚没睡好。"他刚想说朱丽华昨晚对他胡搅蛮缠,又一想,对她讲这些有什么意义呢? 于是立马改口,"昨晚整个一夜,满脑子都是新长路的资金问题。长山乡的书记和乡长讲的困难你都听到了,他们乡实在是能力有限,乡财政抽不出钱,乡政府干部们的工资和学校教师的工资都是紧巴巴的。我想,这条路的资金难啦。"

"能不能向省交通运输厅再反映一下,请省厅划拨一些,以解燃眉之急?"

"省厅?我已去了三趟了。说实在的,我真不知向省厅怎么汇报法。上次的新都路,厅里拨给我们3000万,都河大桥虽然还在建设中,已从厅里要来了800万。厅里讲,新长二级公路也只能帮我们向银行贷款1000万。再去要,难开这个口啊。你想这1000万能有多大作用?35公里的路程啊,有多少缺口?再说新都路还有5公里的资金在等着急用。贺主任,这事难啊。"

她望着他一筹莫展的样子,心里也很着急,但又无法帮得上忙。只是在心底替他担心,嘴上仍旧安慰着:"不管怎么说,身体要紧。你也别太焦虑啊,一切都慢慢来吧。"

他身体向后一仰,头靠在椅背上,闭起眼静静地等候着。

几位副局长陆续到场,工程、计划、财务和办公室的负责人也都到了。路业清慢慢睁开眼,见大家到齐了便宣布会议开始。

首先,由负责新都公路和都河大桥工程的陈局长汇报工程进展情况、存在的问题和下一步工作方案。

接着,路业清把向省厅汇报的情况以及工程资金筹措情况做了介绍。他说完后又让财务科长进行补充并对整个工程资金划拨情况、资金缺口问题做一详细说明。

在工程建设资金问题上,大家都担心这样下去局里的负担是十分沉重的,但又没有什么好的办法。个别同志提出新长公路建设资金这样困难,是不是建议向市里做一专题汇报,推迟工程开工。

路业清摇摇头,说:"不行啊,市人大已经三次提案,这次又提出并要市政府做出说明。市里已下了决心,这副担子交给交通,今年必须开工,明年国庆建成通车。"他扫视了大家一眼,"我们没有退路,只有硬着头皮上。"

最后,贺金苹向办公会汇报新长二级公路的设计初步设想。由于她事前做了充分的准备,又亲自沿途察看了一遍,所以汇报简明、清晰,大家都同意她的设想并要求规划设计院尽快拿出设计方案。贺金苹说:"一个月内将新长二级公路设计方案交局长办公会讨论。"

会议开了两个小时,所有的问题都研究完毕。贺金苹走到门口被路业清叫住,他要她陪他一同去都河大桥施工工地。她只得在门口等他。

路业清收拾完资料,从办公室提着工作包同贺金苹一道下楼。刚来到门口,路小群就匆匆跑来。

"爸,小姑发火了,奶奶也发火了。她们几次打你手机,手机总是关机。后来打了我的手机。"

"关机?"路业清赶忙取出手机。"哦,刚才开会关掉忘了开机了。"他望着女儿,问,"小群,什么事?"

"小姑的那辆货车超载,被路政大队扣下了。"

"这事?"他松了口气,"活该,谁叫她超载的。"

"你还说活该呢,小姑火得不得了。说你不处理好,她要和你断绝兄妹之情。她还讲,你当了局长从来没给她办过一件事……"

"笑话。"他打断女儿,"我当局长又不是专为她办事的,我这个局长又不是她的局长。"

"你说得倒轻巧,告诉你吧,奶奶也火了,要你今天无论如何得回去一下,她要看看当官的儿子有多大的架子,有多么铁面无私。"

贺金苹上前一步,"这个业秀闹什么?"她抓着小群的胳膊,"小群,给奶奶打个电话好好说说,你爸真的不容易啊,特别是这个时候,你爸的担子重啦,请她们体谅点。"

贺金苹的几句话,说得小群心里暖暖的,心想还是贺阿姨体谅我爸啊。她望着贺金苹说:"贺阿姨,你不知道,我奶奶住在小姑家,小姑时常搬出奶奶压我爸,我真看不惯小姑的做法。"

"走吧,小群,你也该到都河大桥工地去了,跟我们一块走吧。"

二

路业清的车子刚进都河大桥建设指挥部大门,便遇到设计院驻指挥部的设计代表邢开连。他夹着一卷图纸,见路局长车子进来,赶忙上前开门。

他原以为坐在后排的是路局长,谁知是路小群从车上下来,路局长则从前门下来了,对面出来的是他的顶头上司贺金苹。

"小群啊。"他刚想讲我以为是路局长的,原来是你坐的路局长车来的。

"怎么?就不能是我?别忘了,路局长从来都是关心群众的哟,也始终和群众打成一片的。"

"小群,你这个刀子嘴什么时候才能收敛些。"路业清对女儿的刺人话语提出了批评。

"这两个孩子到一起就叽叽喳喳。"贺金苹望了一眼邢开连说。其实,路业清也知道,小群和小邢认识还是贺金苹牵的线。他是从朱丽华那里得到消息的。第一次邢开连去他家,等他等了好久他都没回去。等到他回家时,邢开连已经走了。朱丽华将小邢来的事对他说了一遍。他也认识邢开连,嘴上只是含糊地哦了两声,还说不错,让他们处处再说。

"小邢,陈局长到了吗?"路业清问着。

"到了。"邢开连赶忙迎上去,"陈局长和指挥部的几个科长,包括工程项目部的经理们全部到了,就在会议室。"

路业清和贺金苹直奔会议室,路小群紧跟一步喊着:"爸,我去工地了。"路业清回过头:"路小群同志,这是在工地,在上班,没有你爸,只有路局长、路指挥,别在这里乱喊乱叫的。"

"哦,对不起,路局长我忘了。可你也别忘了,奶奶要你回去一下。"路小群吐了下舌头,朝邢开连偷偷一笑。

路业清看了看天,心想昨天夜里下了场大雨,现在这鬼天仍不见好,雨下得好像没有停的样子。他朝路小群挥挥手,不耐烦地说:"知道了。"

"路局长到了。"陈局长拉开身边留好的椅子,说,"我刚才还说,路局长一会儿就到,没想到你立马就来了。"

"要不是有点小事,我可能还跑到你前面呢。我说呀,你老兄那个破车该换换了,太旧啦。"路业清对陈局长说。

"路局啊,现在局里资金缺口这么大,你恨不得一个钱当两个钱在用呢,我好意思换车?"陈局长笑笑说。

"换车是为了工作嘛!"

"路局,你已催我多次换车了,我看还是等等再说吧,现在反正还能跑。"

路业清掏出工作记录本,拿出笔。笑着说:"你呀,好吧,尊重你的意见,不过有一条,你得给我慢点跑,安全第一。别忘了,好几个项目工程你都得给我挂帅哟,我可是个虚职啊。"

"没问题。"陈局长清清嗓子,扫视了一下全场,"今天路局长参加都河大桥工地例会,先请大家汇报一下工程进展情况和工程中还有哪些问题以及急需解决的困难。最后再请路局长给大家讲话。"

陈局长说完,会场顿时安静下来,足有两分钟没有声音。

"我先汇报。"这是一位年轻后生,陈局长点头表示同意。

"各位领导,我是南桥墩工程项目部的……"

路局长侧过头,陈局长马上小声告诉他:"南桥墩原负责人石永城在这儿工作不得力调回去了,现在由他,牛基实负责,是位实干的青年人。"路业清点点头,他已从这位后生那黑黑的脸庞上看出这是个整天在风雨烈日下滚打的铁汉子。

"南桥墩所处的地质条件差。"牛基实不紧不慢地说,"土质松软,原设计开挖的基坑深10米,现在是开挖12米都不行,我们一直挖到15米。昨天,我们才将基坑挖好。现在有三个困难请指挥部帮助:第一,地下渗水问题,我们没有想到基坑要挖这么深,原准备的排水泵只有一台,地下水外排是个问题。第二,挡土的模板,现在不够,能不能请指挥部出面向兄弟单位借用一些,哪怕我们付点钱都可以。第三,这个天气不好,随时都有可能下大雨,我们想尽快进行混凝土浇筑。浇筑工作我们已全部准备就绪。我主要是怕万一发生塌方,重新开挖是小事,耽误工期和人员安全是大事。请领导决定。"

路业清看了看这位年轻的项目经理,点点头,心想考虑得还挺周到……

陈局长侧过头小声告诉他:"这个牛基实自到了南桥墩后,就没睡过一个安稳觉,对讲机当枕头,晚上常是眯一会儿就往工地上跑。"

路业清再次看看这位年轻人,示意其他同志继续进行。这时,会议室的门被撞开了,进来一位火急火燎的中年汉子,一进门就喊:"牛经理,不好了,桥墩下部地下水越渗越多,现在老天又一个劲地下雨……"

牛基实呼地站起来:"对不起,局长,各位领导,我得马上到现场去看看。"

路业清望了他一眼,示意他赶快去处理。紧接着,他又把记录本一合,对陈局长说:"这样吧,这会先开到这儿,我们都到现场去看看,安全工作不能忽视啊。"

局长一说,大家都纷纷离开会场,各自奔赴自己的岗位了。

雨,纷纷扬扬一个劲地浇洒着。都河大桥南桥墩施工现场几十个人正在紧张地搬运着各种机械,高高的吊机竖立在一旁上下不停地运行。下面的同志不时地发出积水又加深了5公分的警告。路业清、陈振林、贺金苹等人穿着雨衣雨靴在雨水中奔跑着。路业清掀开了雨衣帽子,望望这老天没完没了的雨水好像有意与他作对似的。尽管他表面上很冷静,其实内心他比谁都急,他从一位工程管理人员手里拿过对讲机,喊道:"喂,下面的挡土模板怎样,会不会坍塌?"

"难讲啊,最好尽快增加模板,加固才行啊。"

"陈局长,请你想办法快点从其他地方调些模板来,再加固一下。"路业清对陈振林说。

"好吧,我立即去调。"

邢开连打着雨伞跑过来给路业清挡雨,路业清调头一看,邢开连还穿着那套西装,眉头皱了皱推开他,喊道:"牛基实,再增加一台抽水泵。"牛基实抹了一把脸上的雨水说:"局长放心,我已派人抬来了。"他手一指,四五个人正抬的抬拖的拖,把抽水泵已抬到吊机旁了。

路业清什么也没说就走向吊机边准备下去,被牛基实拉住:"局长,您不能下去,下面危险。"

"不下去,下面的情况怎么知道?"

"要下,我下去。"牛基实说。

"你和我不是一样的危险吗?这样吧,你在上面,我们直接联系。"说着路业清已进了吊机,吊机开始缓缓地下降……

桥墩基坑的底部,在三四十公分深的水里,四五个人正紧张地顶着挡土墙的模板,两名工人在排水。路业清来到底部,工人们一看路局长下来了,都说:"路局您上去吧,这里有我们就行了。"路局长摆摆手,随即同另一名工人一起把刚带下来的水泵架起来抽水……

"路局长,怎么样?"是陈局长的喊声,"路局,你上来吧,这里有事找你。"

"好的,等一会儿,我就上来。"

路小群跑过来,十分焦急地问:"我爸下去了?"

牛基实照直说着:"路局硬要下去,我怎么也挡不住……"

"你……好个牛基实,你是项目部经理你不下去,让我爸下去。告诉你,我爸要是有个闪失,我跟你没完。"

邢开连见路小群既没穿雨衣又没打伞,跑过来要拉她进工棚。路小群一把推开他:"你干什么,我爸在下面哪。"

"他在下面,你淋着雨又何必呢?"

"是我爸,又不是你爸,你当然不急了。"说着从牛基实手中一把夺过对讲机,"爸,你上来吧,下面危险,危险!"

"危险?这儿有五六个人呢,难道他们就不危险?"

"我不管,你给我上来。"

"小群,你该干什么干什么去。"

"路业清同志,我告诉你,快上来,下面危险!你要是不上来,我就下来了……"路小群带着哭腔说。

"路小群,你别胡来,啊。"路业清大声说,"我们把基坑的水处理完就上来,放心吧。"

路业清始终没有上来,路小群不依牛基实了:"就是你,没有尽到责任,让我爸下去了。"说着两只手不停地捶打着牛基实。

牛基实一下也不阻挡,任凭路小群捶打。吊机上来了,小群冲向吊机。牛基实急了。他抓住路小群死活不放手:"路小群,路监理,让我下去。放心,我就是拖也把路局拖上来交还给你。说着他钻进了吊机……"

桥墩的基坑积水排了许多,现在只有十来公分了,最危险的挡土墙的模板又进行了加固。路业清松了口气。见牛基实下来,招呼着:"来得正好,过来帮个忙,这儿再加两根钢管顶牢就行了。"

牛基实一边帮忙一边说:"路局,您上去吧。"

"不急。"路业清笑着说,"陈局长的模板调来得快,你那台抽水泵送得也及时啊。现在险情排除了,没事了。"

"险情排除了,路局您下来我没拦住,小群差点没把我给吃了。"牛基实苦笑着。

"啊,没事。我这个丫头脾气不好。不要紧,过会儿就没事了。"他说完见牛基实仍不放心,又说道,"不要紧的,你怕她是你们的监理以后会给你们难看,是吧?"路业清拍拍他,"我说没事就没事,小伙子,放心好了。"

"路局啊您叫我放心,我怎敢呢。您不知道,您家的这位小姐差点儿都把我给吞了。"

"有这么严重?"

"真厉害,吓得我连忙下来。"

险情排除了,雨也停了。下面的人都分批上来了。牛基实陪着路业清刚跨出吊机两步,路小群就扑了过去,抱住路业清抽泣。路业清拍拍女儿:"好了好了,这么大的人了还是小孩子样。"

"你不知道,下面随时都会发生坍塌,有多危险呀!"

路业清两手按在女儿肩上,严肃地说:"你爸爸危险,别人的爸爸就不危险了? 我和他们不都是一样的吗? 你呀,不要老是想着自己,也要想想别人。"

"好了,走吧,到工棚休息会儿吧。两个多小时累坏了。"陈振林过来说。

"老陈,你们先进去,我跟小群说个事。"他把女儿拉到一边,"小群,你小姑的事还要麻烦你给公路处路政大队的韩建中叔叔打个电话。就说该处罚多少就多少,车子先放吧。然后,你替老爸把钱给交了,老爸回头还你。"

"凭什么让我们替小姑交罚款? 她自己违法应该自己接受处罚。"

"听话,啊,去交一下罚款,就算替老爸爸办件事。"

"我就不喜欢小姑那个样子,她老是拿奶奶来压我们。"

"不说了,去吧。"

路小群的嘴噘得老高,怏怏不乐地走了。

天渐渐地黑下来了,四周的丛山也随之暗下来。路业清坐在车上望着车外,心里想着这些小路要到明年才能列入计划进行改造,今年的资金实在困难啊。

14

"局长,晚上还回市里吗?"驾驶员张建兵问。

"回去。我去问问老太太有什么事,如果没什么大事立马调头回去。"

当车从小道艰难地开进这个小山村时,天已完全黑下来了,家家户户都已拉亮了电灯。张建兵将车停靠在一家院门口,按了下喇叭。

"你也下来坐会儿歇歇,喝点水吧。"路业清下车对驾驶员小张说。

"路局,您先进去,我马上过来。"

路业清推开院门,院里没一个人。他走进堂屋喊着:"妈,妈……"

"你妈还没死呢,这么大呼小叫的。"里屋走出一位七八十岁的老太太。

"妈,您老找我有事?"

"对。我要问问你,你妹夫的车子不就多装了几吨石料,你们凭什么要扣车要罚款的。听说,还是你指使的……"

"妈,您听我说……"

"我不听,我把你养这么大,你做了官就不认娘了……"

"妈,您说哪里话,儿子什么时候也不敢不听您的。"

"你妹夫到现在还没回来,你们想干什么?还要扣人不成?"

"妈,您也对小妹说说,以后能装多少就装多少,别老是超载……"

"我怎么超载了,五吨的卡车才装了八吨,人家装十吨、十二吨都不管,你不是专门欺负人吗?"

"谁说不管了,你自己做做好不就行了。"

"好了,别吵了。"老太太发火了。

"妈,您刚才听到了,她的车是五吨非要载八吨,这超载是小事,要是发生危险怎么办?"

"你就一个妹妹,怎么就不能迁就一下? 你是局长,给下面说说不就过去了?"

"妈,我不能啊。"

"不能,妈的话你敢不听,你爸死得早,妈一个人把你们兄妹三人拉扯大。你现在行啊,我的话也不听了。"老太太哭了起来……

"妈,您别这样了……"路业清正拉条凳子坐下对妈好好地说说超载的危险。

"你心里还有这个妈呀。"老太太越说越气,"你这个不孝之子,我打不动你了,给我站在那儿……"

"大妈,让路局坐下跟您说……"张建兵看不过去帮着说。

"你是谁? 插什么嘴? 靠一边去,我在教训我的儿子,与你有什么关系?"张建兵被呛得说不出话来。

路业清实在没办法,在母亲面前是有理说不清啊,老太太的脾气他是知道的,只好站到一边,提着包,低着头。他原以为妹妹会劝说母亲几句的,让他坐下慢慢说,可他的想法错了。当他回过头望望业秀时,她却转过身了。就在这时,路业清的手机响了。他拿出手机一看是女儿小群打的,小群急急地说着,声音也挺大:"爸,小姑的事已办妥,告诉你啊,罚款一千,啊……"

"什么,罚一千。"

"老爸,还是我来的,才一千啊。"小群又说,"爸,你要对小姑说说,以后别再超载了。被查后还不讲理,骂人。我真服了你这个妹妹了,她是在依仗谁的威风? 你不就是个小局长么? 小姑父已回去了,估计现在快到家了。你在什么地方,早点回来啊!"

"妈,这是小群打来的电话。您老人家都听到了,是我叫她去处理这事的。"路业清拿着手机说,"您老人家以后把事情了解清楚后再处罚儿子,好不好?每次都这样,从小到大都这样,不分青红皂白就罚我……"

"好了,坐下吧。"老太太说,"都怪妈老了,以后我不再问你们的事了。"她听说被罚了一千,是孙女帮忙交的,又心疼了。

路业清也没坐,抱怨着:"您罚儿子也就算了,连我们张师傅也跟着倒霉,您老人家说他就不对了。"

老太太朝张建兵直打招呼:"对不起,对不起啊,是我老糊涂了。"

"好了,妈,您叫我来还有别的事吗?身体还好吗?"

"妈身体还好,叫你回来没别的,就为这事想问问你。"

"没事,那我走了。"

"弄饭吃了再走吧,天都这么黑了。"

"妈,我们一会儿就到市里了,不碍事的。"

"让张师傅也饿着肚子?"

张建兵笑笑说:"不碍事的,我和路局长已经习惯了……"

"妈,我们走了。"

"这……"老太太倚在门口,眼巴巴地望着儿子离去,她本想对儿子说,想到医院去查查身体,见儿子受了委屈也没抱怨一句,也就没好再提检查身体的事了。其实,她心里清楚,儿子今天都不肯留下吃口饭,也是她造成的。不管怎么说,儿子是一局之长啊,怎么也不该还像小时候那样说让他罚跪罚站就罚跪罚站呀,而且还是在他驾驶员面前这么做。她又不好说这是小女儿的主意,只好自己说自己,哎,老了,老糊涂了啊。

张建兵发动起车子,披着夜色离开了这个小山村。路,是有点不好走。这乡村的柏油路被那些手扶拖拉机扒得一个坑接一个坑的,下过雨的路上坑里还积着水。两只车灯,就像两条白龙在这弯弯的小路上游荡。

　　路局长坐在后面的座位上,闭着眼还在生气,他这个妹妹真正是让人哭笑不得呀!老太太呢,又像小时候那样护着她。他轻轻地叹了口气。

　　"路局,你那个妹妹在老太太跟前肯定告了你的状。不过,老太太也很有意思,看得出来她对你还是很关心的。"

　　"算了。小张,你不知道,我这个妹妹啊,按我女儿的说法,真是好佬一个。从小到现在一直在我妈跟前告状,我和老大两人经常被罚挨打。到现在,我老大和我妹妹关系也不太好,很少往来。我是没办法,老太太在她这儿,要她照应啊!"

　　"把老太太接出来……"

　　"我们都这样想,可老太太不肯啊!"

　　"这老太太也是的,到您这儿来条件不比山里强多了?"

　　"老人啊,有老人的想法,一辈子在这山里习惯了。到了城里反而处处不自在,没待几天就生病。"

　　他们两人边走边谈,十五公里的山路开了半个小时,才走上像样的公路。车经过一家路边店时,店门开着,灯也亮着,好像有人在吃饭。路业清问张建兵:"是在这儿随便吃点还是回城里吃?"

　　张建兵回答得很干脆:"还是回家吧。不然,嫂子一个人在家又要对着电视机打瞌睡了。"

　　"没办法呀,我知道委屈她了。只有等我退休了,再慢慢地弥补吧!"路业清说着闭起双眼,头靠在后面座位上,脑子里又想着回家后,说不定朱丽华又要疑神疑鬼的了。他也真不知这几年朱丽华怎么变得这么小心眼了,处处对他不放心。记得以前她不是这样的,同事邀他打扑克,一打一个通宵,她都没有什么废话,最多只是提醒他要注意身体,整夜打扑克太伤神了。不过,今天他回家有小群作证。话又讲回来,哪次小群说的朱丽华能信?有时小群不是也被骂一通吗?哎,他叹了口气,这夫妻之间有些事真叫人说不清,相互要是不理解就难啦……

车进到市区,张建兵问:"局长,到哪家小饭店?"

"随便吧。"路业清对饥饿倒没什么感觉,他倒真想舒舒服服地睡一觉。

路业清回到家已是夜里11点多了。他一进门,妻子和女儿还在看电视。路小群见爸爸回来了,马上站起来替他接过公文包。

"爸,奶奶找你什么事?"

"能有什么事,还不是你那个小姑的好事。"

"她又干什么?"路小群两只杏眼睁得圆圆的。

"没什么,事情都已经过去了。不过,小群你给我打的那个电话很有作用,帮我解了围呀。"路业清说着进了卫生间。

电视剧结束了。小群拿过电视遥控器连换了几个台都没有她喜欢的节目,她啪地关了电视。朱丽华站起来对着卫生间喊着:"喂,你还有完没完啊,都快12点了。"

"快了快了。"路业清在里面粗声粗气地答着。又过了一会儿,他才从卫生间里出来。

"爸,你怎么啦?"

"是不是便秘又犯了?"朱丽华也不放心地问。

"其实也不是,我的大便不太干也不太硬。"路业清说,"我总觉得好像拉不尽,起身几次,后来又坐下去。"

"那大便是什么颜色,是不是黑的?"朱丽华进一步问道。

"黑倒不黑,就是不成形,有棱有角,棱角分明。"路业清说,"在家坐在马桶上看不大清楚,在外面的蹲坑就看得比较清楚了。"

"老路,你能不能抽个时间去检查一下。"朱丽华停了一会儿,像又想起什么,"对了。好像你们局下个星期体检,到时我给你找个主任检查一下。"

"爸,你真的要好好地检查一下,我老妈关心是对的。"

"那当然了,我们已经几十年的夫妻了。她不关心我谁来关心我呀,指望你呀,靠不住。"

"别说这种好听的,我又不是小孩子。"朱丽华接上来说,"我的关心哪能有人家周到啊!"

"又来了。你又要说那些不中听的话了。"

"不是我要说,你不好让我没话说吗?"朱丽华寸步不让。

"好了,休息吧,小群。"路业清说着走进卧室。

三

路业清正跟着几个勘察的小青年为新长公路进行实地一线勘察。他面对旷野,山地一片清新,满坡满岗的油菜花一片金黄,嗡嗡的蜜蜂成群翻飞;绿油油的麦苗就像一层厚厚的绒毯覆盖在地上,看上去是那么柔软和鲜亮;不知名的野花在路边和沟旁勃勃盛开,贪玩的蝴蝶在鲜花丛中翩翩起舞;弯弯曲曲的田间小道,向前不断地延伸;不远处的小溪正哗哗地流淌,好像一个刚上学的女孩嘴里哼着歌儿蹦跳着奔向远方;远处的山峦黛蓝黛蓝,空气中弥漫着湿润的水汽……路业清没有心思欣赏这大自然的美景,他拄着一根树棍跟在小青年的后面,跨沟过坎十分欢心,仿佛自己又年轻了二十年。

"路局,慢点,当心这下坡路滑。"设计院的工程师孙年华提醒着。可他刚说完,自己不小心脚下一滑摔了一跤,逗得大伙哈哈大笑。

"还自充好汉告诉路局当心,自己倒是先抢了个大元宝。"一个小青年说。

"你不要说人啊,自己可小心滑倒,让我们再开开眼界啊。"

"啊哟,"孙华年刚爬起来又一闪,差点又摔倒。他站稳,拍拍屁股上的泥土,说,"我们年轻,摔一下不要紧,路局可真要当心啊!"

"没关系。"路业清站稳两脚,长舒了口气说,"我有一根棍子可当第三条腿,你们既要拎又要扛,真要慢点啊。"就在这时,他的手机响了:

"喂,哪位?"

"哪位?"朱丽华不客气地说,"怎么,连自己老婆的声音都听不出来了,你在干什么?"

"哦,丽华呀,有什么事吗?"

"你冲到哪儿去了,今天是你们局里组织体检,你怎么还不来?"

"我在工地上,来不了……"

"来不了,你不体检了? 路业清,我告诉你,你的工作再忙再好再有成绩都是领导的,身体才是你自己的。你不为自己着想也应为你老婆和女儿着想吧。我可不想过早地让小群没了

21

父亲……"

"放心，我自己的身体自己有数。"

"你不是上次大便发现不正常吗？"

"没事的。"

"有事没事检查之后才知道。"

路业清也不想与她多啰嗦，敷衍着："好吧，过天我就去体检。"

"路业清，我告诉你啊，今天我请了个主任准备给你检查，你倒好，跑到工地上去了。星期五上午，我不管你有什么事，必须来体检。"

"星期五上午，好吧，挂了啊。"他收起手机，又继续向山坡上走去……

几个小青年嘻嘻哈哈向前继续跑去，路业清紧紧跟在后面。突然，他脚下一滑，身体向后一仰，只觉腰部扭了一下。当时倒没觉得疼痛，仍旧上坎爬坡。没过一会儿，他就觉得不对劲了，腰部越来越痛，直痛得他直立不起来。他把设计院的孙年华叫到跟前，告诉他，他准备回局里去，要他们继续勘察。

小孙信心十足："路局，您放心，我们保证尽快完成任务。"

路业清的车子到了市交通局门口，他几次试图挪动身体想下车，但只要稍稍动弹一下就觉得疼痛难忍。

驾驶员张建兵打开车门，问："路局，怎么了？不行，我就送你去医院吧。"

"好吧，先去医院看看也好。"路业清掏出手机拨通了朱丽华的电话，"丽华，哎呀。"车子一动他眉头一皱，"丽华……没什么，只是我的腰闪了一下，现在就来医院，能不能请位大夫帮我推拿一下？"

"怎么,是闪的……"路业清说,"就在一个小山坡下坡时,不知怎的脚下一滑,闪了一下……好,我到门诊部,就这样啊。"

张建兵将车开进附属新江医院门诊部门口,急忙下车去搀扶路业清。路业清咬着牙慢慢地移到车门边,在张建兵的帮助下一只脚先下地,然后一手把住车门一手拉着张建兵,好不容易才出来。

朱丽华正好出来探望,她想路业清也应该到了。见到被搀扶的路业清,她急忙也赶过来和张建兵一左一右扶着路业清,向门诊部挪去。

年轻的护士见朱丽华,问:"朱主任,这是你爱人路局长……"

"是啊,腰扭了。"

"那到这边来吧,这床没人,先躺下,我去叫林主任。"护士引着他们来到一张单人病床边。

"不,小文。"朱丽华制止着,"我同宋主任说过了,请你叫一下宋主任。"

朱丽华和张建兵两人帮着路业清躺到单人病床上,朱丽华心疼地责怪道:"你呀,都五十多岁的人了还不知高低,同小年轻一样爬高下坎。这下好了,害得张师傅都跟着受累。"

"嫂子,我倒没关系,路局可吃苦了……"

"他吃苦头是活该……"

他们正说着,护士小文领着一位戴着宽边大眼镜的老医生过来了。

"宋主任,我爱人下坡时不小心闪了一下。"朱丽华向宋主任介绍着。

"哦,路局长,我看看。"宋主任示意他解开腰带翻过去。朱丽华和张建兵帮着路业清小心翼翼地翻过身,掀起他的衣服。

"这儿,这儿……"宋主任的手在路业清的背部推压着。

"哎哟,对,就这儿最痛。"

宋主任慢慢地推着,由轻变重……"你忍着点啊。"

路业清咬着牙,头上沁出了细细的汗珠。为了能尽快地好转,他一直忍着,怎么也不哼一声。宋主任从他头上的汗珠看出伤得不轻。

宋主任推拿了半天,直起腰,推推鼻梁上的眼镜:"好了,你这腰肌扭伤要注意休息,多躺躺。"

"大概需要几天能好?"路业清急忙问道,他清楚自己一天也不能躺下,有许多的工作在等着他,现在没办法了,想动也动不了,疼痛难忍啊。

"一般需要一个星期左右的休养。"宋主任转身对朱丽华说,"朱主任,你替他开点膏药每天进行热敷,这样会好得快一点。如果让针灸科的医生替他针灸针灸,也许会更快些。"朱丽华答应着。

送走宋主任,朱丽华又替他开了些治跌伤的膏药,又把路业清推到针灸科,针灸了一个多小时,贴上膏药揉了揉,问:"怎么样?"

"好多了。"路业清慢慢地翻转身,又慢慢地下床,边束裤腰带边说,"真倒霉,怎么把腰也给扭了。"

"你呀。"朱丽华当着张建兵的面数落着,"这么大的年纪了,一天到晚忙得颠颠的,也不知为了什么?"

"嫂子,交通这几年太忙了,路局的事真多啊。"张建兵替路业清说。

"忙,忙。这下好了,去忙吧,给我老老实实在家躺着,哪儿也不准去。等好了,再来进行体检。"

路业清皱皱眉头,他没有与妻子争辩,只是心里想,怎么办?新长路的设计、上马,还有那资金问题,该怎么办? 张建兵扶着他,他一手捂着后腰,慢慢地向门外挪去。

"喂——"朱丽华见他走了,紧跟一步交代着,"回家给我躺好,过一会儿我就回来。"接着又向张建兵打招呼,"小张,麻烦你了。"

"嫂子,你放心吧,我送路局回家。"

路业清在家躺了一天多,他怎么也躺不住了,满脑子的工作。新都公路建设得怎么样了,都河大桥还有什么问题吗,新长二级公路的规划设计是否完成……他一会儿望着天花板,一会儿又闭上眼。他试图闭上眼什么也不想好好地睡一会儿,可怎么也睡不着啊。他也自己安慰自己,其他同志工作会比你干得更出色,你就放心吧。但他还是睡不着呀,思绪的潮水在各个施工工地上奔腾。装载机一下一下挖掘着;一车一车的黄土倒向路基;混凝土的搅拌机把石子、黄砂和水泥搅拌在一起,又倒入扎满钢筋的笼子里;起吊机吊起一捆捆钢筋……工人们头戴安全帽,有的推着小车,有的抱着振荡器将混凝土搅拌匀搅拌实,有的正爬上吊机……牛基实这个年轻的工程负责人在工地上来回奔波……对了,还有他的同事,陈振林、贺金苹……想到这里,他不由得拿起手机,拨通了陈振林的电话:

"老陈吗?我是路业清啊,是这样的,我这几天有点事,工程上有关工作就劳你全权处理了。如果非要我处理的就请你打我的手机,反正我的手机是24小时都开着。"

"哦,我在哪儿?这个你就别问了。我有点事,这几天就不来办公室了……到底在哪儿,过两天我会告诉你的,啊。"

他挂断电话,想了想又给贺金苹打了个电话,他问她新长路的设计方案怎么样了。

这回他对她倒没有隐瞒,他清楚设计院的几个小青年都知道他和他们在一起的情况。再说他对她也没有必要隐瞒，不过他还是对她说要为他保密，不要声张，以免大伙都来探望。

贺金苹听到路业清的电话，先是一震，本想说他这么大年纪的人了怎么还同小青年那样拼着干，后来一想，这样说他不妥，他又不是她的什么人。她答应他马上来他家汇报新长二级公路设计方案的情况。

贺金苹挂了电话后，马上就与路小群联系，告诉她现在去车接她，同她一道去看一个人。路小群本能地反问着："去看谁呀，是不是去看我爸?"贺金苹一听就觉得这个鬼丫头真精，只好对她说实话了，她是为了防止别人说闲话才让小群陪她去的。路小群爽快地答应了。

路小群打开门，就喊着："妈，妈……"

"你妈上班去了。"路业清听到女儿的叫喊，忙制止着，"你怎么跑回来了?"

路小群请贺金苹进屋，放下手中的小包走进房间。"爸，我老妈今天又去上班了? 她不在家照应你吗?"

"我好好的，要她照应干什么?"路业清躺在床上说。

"哦，老爸，贺阿姨来看你了。"路小群把贺金苹让进房间，"你们谈，我去倒茶。"

"路局，好些了吗?"贺金苹望着路业清，"现在疼得厉害吗?"

路业清见贺金苹来了，挣扎着从床上坐起来："好多了，刚才又从医院针灸贴了膏药回来。"他强忍着坐起来招呼她，"坐吧。"

路小群端来热茶，"贺阿姨，请喝茶。"

贺金苹放下手中的图纸，又取下肩头的小包，接过茶杯。路业清又让路小群端来一只凳子,叫贺金苹把图纸放在凳子上。

路小群见他们要看图纸,说:"爸,你把贺阿姨喊到家里是来研究工作的呀……"

"去,忙你的事去。"路业清支走女儿。贺金苹摊开图纸,边介绍边汇报新长二级公路的设计,她不时地在图纸上指点着,说明着,这儿要避开村庄,这儿有一条小溪,水系不能断,这儿要沿着山边,这儿是一片农田,最好从小山坡上经过,以免浪费农田……

她介绍得很详细,他听得很认真,看得也很仔细。路小群去厨房烧水了。朱丽华提前回来,她进门就听到一个女人在跟丈夫谈话,先是一惊,接着她马上意识到路业清一个人在家把别的女人给叫来了。她的小包还没来得及放下,急急进去想看看这女人是谁。

"你?"朱丽华见路业清半躺半坐在床头,贺金苹紧靠床边坐着。她本想把路业清和这女人狠狠地骂一顿,但话到嘴边又吞了回去,不酸不咸地说,"怎么,就一天多一点时间就等不及了?"

"你下班了?丽华,别误会,我请贺主任来介绍新长路的设计……"路业清见朱丽华愠怒的样子,怕她说出更难听的话让贺金苹受不了,忙解释着。

"我知道,路局长、贺主任,你们忙,我打搅你们了。"朱丽华扭头就走。

"哦,丽华下班了,我的汇报也完了。"贺金苹一边收起图纸一边说。

路小群从厨房里提着水壶出来,抬头见朱丽华站在房门口,"哦,老妈回来了。"连忙喊道,"贺阿姨,我给你加点热水。"

"你这死丫头,难道希望我不回来?"朱丽华瞪了女儿一眼,转身取下肩上的小包挂到衣架上去。

贺金苹收起图纸从房间出来，"路局，设计方案暂时就这么定，我走了。"转身对路小群说，"小群我走了，丽华，有空到我们那儿去坐坐。"

　　朱丽华脸都没转过来，理也不理贺金苹，她心里却在想：到你那儿去坐坐，下辈子吧。你少到我家来就行了，我的丈夫没去上班竟然追到家里来，上班时你们还不知怎样呢？

　　"贺阿姨，吃饭时间到了，就在这儿吃点再走吧。"路小群热情相邀着。

　　贺金苹已感觉到朱丽华的不快，她没有计较，仍装作什么也不知道，客气地对小群说："谢谢，我回去还有点事呢。"

　　"贺阿姨，你就一个人，回去还得烧，何必呢，吃点再走也不迟呀！"

　　"谢谢，不了，小群，我回去了。"贺金苹笑着说。

　　路业清怕女儿硬留贺金苹，连忙打招呼："走好啊，贺主任。"

　　"路局，你好好休息。"贺金苹又对路小群小声说，"让你爸多歇歇，不要乱走动，啊。"

　　路小群，点点头："谢谢贺阿姨……"

四

　　贺金苹刚走，路小群就数落母亲："老妈，你也真是的，贺阿姨跟你打招呼你理也不理，脸不是脸鼻子不是鼻子的，干什

28

么呀。"

"啊,我还没说你,你这个死丫头倒是教训起我来了。"朱丽华叫起来,"你的翅膀硬了是不是? 路业清,你看看你这个宝贝女儿,真想把我气死呀?"

"老妈。"路小群又没好气地说,"人家贺阿姨到我们家来是有事的,不要讲她是我的领导,也是客人吧。你这个样子,我和老爸今后怎么见人?"

"小群,好了,别得寸进尺。"路业清制止女儿。

"爸,你别老是和稀泥。"

"我看她不爽,讨厌她,怎么说?"朱丽华没好气地说,"这个女人居然跑到我家里来,还坐到我的房间……"

"哦,我知道了。"路小群说,"你是看她同我老爸在一起,是吧。告诉你,老妈,贺阿姨是我和老爸请的。贺阿姨绝对不是你想象的那种人,起码应该算个正直、善良的女人。哦,对了,当初贺阿姨从武汉刚调来时,你们和她不是关系很亲密吗,怎么现在就变得……"她故意说是她和老爸两人请的,没有说老爸专程请她来汇报的。她想那样老妈今天非得闹一场不可。

"小群啊,你还有完没完?"路业清敲敲床板,不耐烦地说。

"你这个死丫头,真要气死我呀?"朱丽华这下可真生气了,没想到女儿如此说她,"看我不打死你……"说着把手中的茶杯狠狠地摔在地上,又找来晾衣服叉子要打女儿。

路小群一见母亲对她动真格的了,父亲又躺在床上帮不了她,眼疾手快拉开大门便跑了出去。

朱丽华见女儿夺门逃走,对着门外吼道:"走了更好,你别再回来……"

"你也真是的,自己生的女儿,同她生什么气呀,有这必要吗?"路业清在床上轻声说。

"她哪像我的女儿,气死我了。"朱丽华说着,倒在沙发上哭泣起来……

路业清在家躺了两天,怎么也躺不住了,脑子里满满的事情,局里这个月的办公会还没开,答应运管处崔主任去市人大、市政协汇报行风建设情况也落空了,还有新都公路、都河大桥工程建设怎么样了,新长二级公路的设计要尽快报市政府审批……他急呀,可一点办法也没有。他瞪着眼望着天花板发呆,心里在诅咒这该死的腰,怎么就这样不争气,也悔恨当初为什么自己不小心点,或者等等再走也行啊。他想着想着,不知不觉地手已摸到了手机,拨了驾驶员张建兵的号码。

"喂,是小张吗?请你把车开到我家门口来,然后请你上楼扶我一把,我想去新都公路看看……我的腰……哦,好多了。这样吧,路上我们慢点走,不行我就在车上躺躺……"

打完电话,他就慢慢地坐起来,又慢慢地穿衣。尽管他的动作十分缓慢,他仍觉得阵阵疼痛难忍。他想我现在在家都这么疼痛,马上在路上能受得了?他又有点犹豫了。正当他犹豫是去还是不去时,楼下的汽车喇叭响了,张建兵已把车开过来了。这是张建兵的一贯做法,车到楼下总要按下喇叭告诉他,我已经到了。

小张都来了,还想什么?走,坚决去看看。他暗下决心。

他慢慢地挪到门边打开门,小张见到他,开口就问:"路局,您能行么?看您的脸色不好。要不,我送您到局里,叫他们来局里汇报吧。"

"不妥。"路业清说,"现在大伙都忙得不得了,把他们从几十里外叫回来汇报,我不是有点太官僚太自私了?"他停了一下,"这样吧,你帮我把膏药再换一张,路上我们慢慢走。"

路业清解开腰带,提起上衣用手指点着疼痛部位,让张建兵先替他撕下原来的膏药又重新贴上一张。一切都办好后,张建兵扶着他慢慢地下楼,他开玩笑地说:"我现在就像生产的产妇了。"

路业清在后面坐稳后,他心里感觉到一种从来没有过的踏实。张建兵发动车子,从倒车镜里看了他一下:"路局,怎样?"

"蛮好,没问题。"路业清似乎轻松了许多。

"路局,要不要让小群来帮您,她在您身边也有个搀扶。"

"不用,千万不要。"路业清说得很坚决,"小孩子千万不能让她沾上这种特殊的气息,到哪儿都有小车,到哪儿都让人知道是局长的女儿,人家也敬着她宠着她让着她,这对她不利。其实她和别的孩子不是一样的么,没有什么特别。我们千万不能对自己的孩子过于宠爱,让她感到有优越感,到处都有一种高人一等的感觉,这样做对孩子没有什么好处。"

"难怪您从不让小群坐您的车上下班,哪怕下雨下雪您望着她穿雨衣骑自行车,也不让她上车。"张建兵想起几次下雨下雪,小群跑来拉开车门都被路业清赶走的情景。

"小张,你以后也会知道的。小孩子的条件优越了对她没有好处,年轻时让她吃点苦没有坏处,那是爱护她。"

"路局,您坐好。"张建兵推上档,小车缓缓地上路了……

张建兵一路小心翼翼地开着车,车速不快不慢,走得很稳,他是尽量避开坑凹,不让车颠簸,所以三十公里路程走了五十五分钟。当路业清的小车开进新都路建设指挥部时,已近十一点了。张建兵将车停稳后,赶忙下车,跑过来为路业清开门扶他下车。

指挥部办公室倪主任见张建兵把路业清扶下来,知道路局长病了,也跑过来帮着扶进会议室。路业清慢慢地坐下,倪主任汇报说:"陈局长昨天上午在这儿的。"

路业清点点头,请他把 B 标项目部的何经理找来。

倪主任立马给 B 标项目部的何经理打电话。何经理说,他在外地,让他们的仇经理马上过来。

路业清向倪主任询问了工程进展情况。倪主任向路局长如实汇报说:"A 标、C 标和 D 标进展都比较顺利,特别是 C 标已经开始二层灰石的摊铺。全线就是 B 标有点滞后,他们的何经理又兼着总公司的副总,经常不在位。仇经理倒是挺能干,但他没有多少权,所有的问题都得由何经理说了算,现在何经理又去了外地。路局您放心,仇经理马上就到。"

"我就担心这 B 标。"路业清不悦地问,"陈局长没有找他们?"

"哪里呀,陈局长昨天上午专门去了 B 标。"倪主任说,"还把他们的一个队长骂了一顿。"

路业清接过工作人员递来的茶,轻轻一吹,又问指挥部最近采取了什么措施。

倪主任又汇报说:"工程科和材料科分别派人专门去 B 标督促,要他们加大力度抢抓时间,加快工程进度……"

路业清和倪主任正说着,B 标仇经理赶来了。看他那急匆匆的样子,一定是从工地上跑来的。

路业清让他坐下休息一会儿,仇经理见路局长在等他,就在路业清对面坐下,抱歉地说:"对不起,路局,让您久等了。"

"不要紧,我也是临时赶来的。"路业清问道,"你们 B 标工程进展如何?我给你说心里话,仇经理啊,全线工程我就担心你们哪。你们可不能拖整个工程的后腿啊。"

仇经理汇报说:"从指挥部给我们的时间表看,我们的路基加固工程已经整整迟了半个月。也就是说,我们比兄弟标迟缓了半个月。这几天,我们正在采取措施,增加了机械设备……"

"好,增加设备是对的。"路业清清了清嗓子,"你们还要抓住最近天好的时机,尽快地赶上工程进度。小仇啊,我们交通工程在某种程度上,至少目前还得靠天哪,天好一定要大干,必要时晚上加班也可以啊。当然,安全一定要有保障,安全出了问题,说不定会大大影响工程进度。对吧,仇经理。"

仇经理连忙点头:"是,是。"

"仇经理今天你来得正好,我就不到你们工地上去了。请你回去做两件事,第一个是工程质量一丝一毫都不能马虎,不能以指挥部强调工程进度为由就忽视工程质量和安全,这项工作是你主抓的,你千万不能懈怠。第二个,请你回去转告何经理,别忘了他与我签订的工程合同,叫他给我坐到工地来好好抓一抓,不要在这个工程上挂个空名。如果这个工程做不好,下次你们也不要到新江市来做工程了,而且我还会在全省交通系统介绍你们干工程不得力的情况。"路业清的脸色渐渐严肃起来,"我们行政干部有的领导挂个名是有的,工程上的负责人也挂个名,不去真抓实干,那是不负责,是犯罪的行为。我不管你们有什么理由,还是那句话,谁拖工程后腿我就罚谁,坚决按合同条款办事。"

仇经理埋头记录路局长的讲话,准备回去向何经理汇报。路局长讲完后,他放下笔向路局长保证回去就召开项目部会议,准备再次动员,再掀一个大干 30 天的小高潮。

路业清望望这位忠实厚道的青年人,客气地对他说:"有什么问题直接来指挥部反映。"他看了下表,"啊,午饭时间都过了,就在指挥部吃吧。"他又转向倪主任说,"倪主任,今天就劳驾你给仇经理安排一下工作餐吧。"

"好的,路局您放心。"倪主任说。

"不,不,我马上赶回去。"仇经理说。

"哎,仇经理你就不要客气了,我批评归批评,饭总是要吃的嘛,倪主任只是请你吃个工作餐。"路业清笑笑说。

"路局,您……"倪主任试探性地问。

"好吧,给我也来一份。"路业清说,"不过,我腰有点问题,请你们把饭送到这儿来。行吗?"

"行,路局,您稍候。"倪主任拉着仇经理向食堂走去。

朱丽华今天下班早早地回家了。她想借丈夫腰扭了休息在家,用她医护人员特有的专长护理丈夫,再给丈夫一点温柔和关心。她始终想,我哪点比贺金苹差,我要用我的优势影响丈夫,我就不信拉不回丈夫的那颗心。我毕竟是他的妻子,又是医护人员,对一个伤病人应该是更有利的。想到这儿,她买了丈夫最爱吃的鸡翅和鸡爪,还给女儿买了她最爱吃的五香牛肉,准备一家人乐融融地过上一个快乐的晚上。平时啊,路业清总是很少在家。这回正好,你路业清起码得给我在家待上几天。等我回家给小群打个电话,让她也早点回来,一家三口难得在一起吃顿安稳饭。

就这样,朱丽华想着,拎着熟菜高高兴兴地回家。她轻手轻脚开门,又轻手轻脚进屋。她怕吵醒了在家休息的丈夫。

当她放下手里的东西朝房间一望,她呆了,床上没人。没人?那他上哪儿啦?她赶忙到洗手间、阳台都找了,还是没人。这下她相信他已出去了。这家伙又跑出去了,说不定又到那个女人那儿去了。一股无名之火油然而生,看来你们一天不见就难耐啊。她往沙发上一坐,干生闷气。

正当她在发火的时候,路业清在张建兵的搀扶下回来了。

他一进门，见到朱丽华已经到家："啊,你今天回来得这么早啊!"

朱丽华站起来刚要发火,见张建兵扶着路业清,怒气也只好忍一忍了。

"嫂子,你回来了。"张建兵向她打招呼,"路局,那我就回去了。"

"哎,慢点啊。"路业清像往常一样关照张建兵小心点。

张建兵刚离开,朱丽华忍不住地发火了:"路业清局长,我还以为你在家休养呢。你倒好,又跑出去了,是不是又与那个女人见面去了? 告诉你路业清,你这样不要命地往外奔对你没有好处。你即使不为你自己着想,也得为女儿小群着想吧。别人说起来难听不难听啊? 我就不相信,那个女人哪来的这么大的魅力……"

"你说什么呀?"路业清坐在椅子上制止着。

"前天,你把她喊到家里来。今天,她大概不肯来了,你就跑过去找她了,是不是? 看来你们几分钟不见就难以忍受……"她说得好刻薄。

"朱丽华,你越说越不像话了。"

"我不像话? 好啊,你让女儿回来说说这理。"朱丽华边说边拿起电话,"喂,小群吗? 你马上回来……什么,你已经到门口了。好,太好了。"她瞪了一眼路业清,心想,女儿回来当着她的面,看你怎么说,起码你外出是不应该的。

路业清也不理会妻子,径自慢慢地进入房间上床休息了。

路小群刚进门,朱丽华马上迎上来拉着女儿:"小群,你回来得正好。你看看你这个老爸,把人都快气死了。他腰扭伤得那么严重,今天又跑出去找你的那个什么贺阿姨去了……"

"是吗?"路小群惊讶地说,"找贺阿姨? 不对吧?"

"嗳,小群啊,我是说,你爸身体不好就应该在家休息休息,对吧。你爸毕竟是我们这个家的顶梁柱啊,万一有个什么闪失让我们俩怎么办?"

"嗯,对的,这话说对了。"路小群点点头,"老妈说得在理。"

"小群啊,上次你爸在家还没休息一天,那个贺金苹就赶来了。这回呀你爸的腰刚有所好转,他自己倒是找上门去了。这样下去……"朱丽华没有往下说。

"是啊,是有些问题。"路小群俨然像个判官,不紧不慢地说,"路业清同志今天是不对。你的腰扭了就应该在家好好休息,像你这样就好像新江市交通不能离开你,没有你一切都停止了,所有的工作都无法干了似的。你别忘了你现在是伤病员,你不为自己不为妻子着想,还得为这个家吧,对不对?"

"对,对对。"朱丽华以为女儿今天定是站在自己一边了,马上附和着,"就是嘛!"

"不过。"路小群话头一转,"朱丽华女士,你也不应该胡乱猜疑,冤枉人啦。"

"喂,你这丫头怎么这样说话呢,怎么冤枉人了?"朱丽华觉得女儿话头不对,又要偏袒丈夫了。

"据我所知,路业清同志今天根本就没去会见贺阿姨,贺阿姨今天一直在我们那儿。路业清同志呢,是去了新都公路建设指挥部。他们俩相距足足有50公里。所以呢,朱丽华女士你说错了,这是你个人的怀疑。你这种老是猜疑,是很不好的……"

"你这个死丫头……"朱丽华又对女儿生气了。

"好了。我看今天家里买了许多好吃的,这些不愉快的烦神事都丢到脑后吧,还是吃点东西为好。"

"你这丫头哪里学来的滑头滑脑样。"路业清一直没说话,见女儿的滑稽样,在床上忍不住地说。

"这都是跟你们这些领导干部学的呀！你们在重大问题上，在关键时刻，从来都是态度暧昧、左右逢源，从不得罪人呀。"路小群抓起一片五香牛肉边吃边说，"算了吧，不说这些了，还是填饱肚子要紧。你们两个的官司谁也断不清，还是你们自己解决吧，这么大年纪的人了，老夫老妻的，还那么小心眼……"

"你……"朱丽华被气得说不出话来。

路小群一早来到都河大桥监理办公室，她刚坐定，邢开连就进来了。

"小群。"他坐到她的对面，望望她，觉得她一点也没变，情绪仍是那样乐观开朗，不像家里有事的样子。于是，他试探性地小声问："听说你爸腰扭了，是真的吗？"

"哦，你也知道了，听谁说的？"路小群边收拾图纸边问。

"哎，小群，我是昨天晚上才知道的……"

昨天晚饭后，他想去现场看看，顺便核实一下当天的施工工作量。刚出门，见到河堤上一个人在慢悠悠地散步。他一看，那不是陈局长么，他今天怎么也没回家？于是他回头放下工作包，也上了河堤。都河的水静静流淌，宽宽的河面没有船只往来，只是因为他们发布一个公告，都河大桥正在箱梁吊装，所有来往船只必须绕道行驶。河岸两旁柳树行行，绿荫覆盖，条条垂枝就像少女刚从都河里沐浴后爬上河岸，在夕阳下任微风梳理着根根发丝。这条河堤对他来说是太熟悉了，几个月的施工他没事就到河堤上散步，脚下的小道可以说哪儿有一簇野花，哪儿有一簇蒿草，他都清清楚楚。自从柳条爆芽到枝繁叶茂，他是见证人啊，他在这小道上来回踱步几十次、上百次都有了。

他仍沿着河堤上小道漫步，陈局长正好迎面过来："小邢，吃过了？"

"陈局,您今天不回去了?"邢开连问。

"啊,下午我那车有点问题去修了……"

"那我找辆车送您?"邢开连望着陈局长说。

"不用了,小邢。指挥部我有一个小床,不回去晚上也好把这儿的工作安排一下。"

"哦,难怪施工单位常说,陈局长有时半夜还来工地察看。"

"检查工程质量不仅仅是你们监理的责任,我们指挥部也有很大责任呀。只有我们大家都重视质量,这工程建设的质量才能得到有效保证。你说对吧,小邢?"

"对,对。"邢开连应着,跟在陈局长后面一起漫步。

"小邢啊,最近同小群处得怎么样啦?"陈振林看到邢开连,就想起他和路小群这对年轻人的事。

"这……"

"嗨,这有什么不好意思呢。什么时候请我喝酒啊?必要时,我倒想为你们年轻人举办一个工地婚礼呢。"陈局长笑着对他说。

"我们还没谈这个事呢。"邢开连低着头小声说。

"你们还没商量?这样,我倒建议你们在都河大桥竣工通车,新都公路建成后,选个日子热热闹闹地办一下。我们交通人修桥铺路为人民做好事,我们自己的婚礼也应办得红红火火,也向社会展示我们交通人的风采嘛!"他停了一下,问道,"最近路局长腰扭了,你去看过了?"

"路局腰扭了?"

"你还不知道?哎,我说我消息闭塞,看来你同我一样,消息不灵啊。你问问小群,不行打个电话问候一下也行啊。路局长最大的毛病就是不服输,毕竟50多岁的人了,还能同小青年比吗……"

"你知道也行。"路小群说。

"我能去看看你爸吗？"

"不行。"路小群态度十分坚决，"你不知道我爸的脾气，他是谁也不让去看他。除非市里领导找他有事，那他没办法。你要真的关心我爸，就把你手上工作做做好，不要出纰漏就行了。"

"那请你替我问你爸好。"

"我会的。等我爸完全康复，我会对他说都河大桥的全体建设者向他问候。还有什么来着，哦，还有那个邢同志……"说着她自己也笑起来了。

邢开连从南桥堡的 1 号桥桩来到 3 号桥桩，发现 3 号桥桩已浇筑到顶部了。他站在下面发愣，按照计划应该明天上午浇筑完成的，怎么他们整整提前了一天多？他越想越不对劲，这些人为了工程进度肯定不顾质量拼命往前赶进度抢时间。他急急地做了个停止施工的手势，跑过去大声对施工人员说："你们负责的是谁？叫他过来。"

正在施工的工人见他没有佩戴胸牌，只戴个安全帽，不知道他是什么人，也没人理他。有一个人过来说："你是谁呀，瞎叫唤什么？"

邢开连见这些人竟如此小瞧他，非常生气，又听到那个人这么一说，他的火气就更大了，心想，你们这些人有眼无珠，我要让你瞧瞧我到底是谁。他跑到电源闸门旁要去关电源开关。一位老工人制止着："你是谁呀？搞破坏吗？"

他推开这位制止他的老工人，老工人急了，大声喊着："拉闸危险，出了事你负责？"

"我负责!"邢开连毫不示弱。

老工人见制止不了,急得叫道:"有人搞破坏啦!"这一喊,一下围过来十几个人。

邢开连也不管那么多了,上去就把电源总闸拉下来了。所有的机械突然停止,正在起吊的混凝土哗地洒落一地,在三米高的灌注桩平台上的施工人员个个惊讶,"怎么回事?"一起喊起来。

施工现场监理杨东林不知出了什么事,大喊:"怎么回事,把闸刀推上去!"那个老工人跑过去:"杨工啊,是那个人把闸拉掉的。"

杨东林一看是邢开连,他说道:"是邢工啊,有什么事?我马上下来。"说完,他就沿着临时楼梯下来了。跑到邢开连面前:"邢工,怎么回事?"

"你问我,我还没问你呢?"邢开连睁着大眼,"我前天下午走时对你们怎么交代的,一定要注重质量,按程序施工,按期完工。你们为了抢进度抢工期,马马虎虎,不顾质量,不管混凝土的凝固时间就行了?"

杨东林也不服气地说:"你是说过,这我知道。但包勇是这儿的监理,他同你们怎么商量的我可不知道。我们只是按你们的意图进行操作,有什么错?"

"包勇?你不要骗人了。他又不在,手机也关了。"

"包勇刚离开还不到一个小时,他临走时交代我负责。"杨东林说,"我们再干两小时就浇筑完了。你这一拉闸耽误的时间,谁负责?"杨东林因为是施工单位自己的旁站监理,也不敢对邢开连太发火,态度还是比较温和。

"你本来就不应该完成,按照工程进度最早明天上午 3 号桩才浇筑结束。"

"邢工,我再告诉你吧,包工和我们牛经理昨天一起商量定下的事。包工一直忙到现在,刚走个把小时……"

他一听又是牛基实,一股无名火气又冲了上来:"那你打电话给小包,就说我找他。"

杨东林没办法,只好拿出手机给包勇打电话,巧得很,电话居然接通了:"喂,包工吗? 我是杨东林啊,有个事要你说明一下,邢工要我们停工啊,你能不能对他说说。啊,好,好,你等等……"

杨东林把手机交给邢开连,邢开连问道:"喂,小包,你刚才的手机怎么关机了? ……没有? 我怎么打不通啊。喂,3号桩的工期不是明天吗,你们怎么提前……是牛基实同贺主任定下的,贺主任也同意了。贺主任怎么能这样呢,那好,我找贺主任……"他把手机还给杨东林。杨东林接过手机:"喂,邢工,这儿怎么办? 是继续进行? 你们要协调好啊。"

邢开连调头离开现场,杨东林在后面"喂,喂"喊着,"我们这儿你们说好了没有?"可邢开连理也不理地走了。

五

下午,贺金苹赶到都河大桥,刚到指挥部就碰到了牛基实。

"牛经理。"贺金苹叫住了他,"上午3号桩是怎么回事?"

"贺主任。"牛基实有点不太高兴地说,"我刚才同路小群还说到这事。你们那邢工太冒失了吧,不了解清楚上去就拉电闸,差点发生伤亡事故。一斗混凝土一下子就倒了下来,我们那儿的施工工人意见很大。"

"哦,对不起,这事我来处理。"贺金苹说。

"贺主任,3号桩浇筑是你和包工昨天上午定下来的事。邢工今天跑去,来了这么一手,我们真不知为什么。工地到现在还没有开工。"牛基实直说了。

"我了解一下再说,好吧。你先回去把3号桩处理一下尽快施工,怎样?"贺金苹说。

"那我马上就去。"

望着牛基实离去的背影,她马上来到监理组办公室。办公室内只有路小群一个人。"小群。"

"贺阿姨。"路小群一抬头,见贺金苹来了,亲热地喊着。

"小群,小邢到哪儿去了?"

"上午出去到现在就没回来。"路小群说。

"哦,你打个电话让他马上回来。"贺金苹说。

"贺阿姨您稍等,我这就打电话。"路小群说着就拿起电话拨邢开连的手机,很快接通了,"喂,小邢吗,你在哪儿? 贺主任来了,要你马上回来。好,快点啊。"

路小群把电话放下后,没多一会儿,邢开连气喘吁吁地赶来了。他一进门,就见贺金苹面带愠怒,没有理他,朝路小群说:"小群,你去3号桩检查一下,看看什么时间完工。"其实,刚才牛基实同她还在说3号桩浇筑的事,这会儿她是为了支走小群,她好同邢开连单独谈谈。路小群心里早就有数,她也正想找理由离开,这会儿贺金苹让她去3号桩,那是正好的事。

路小群出去顺手把门给关上了,她们在里面好说话。

贺金苹见路小群走了,望了一眼邢开连,问:"今天是怎么回事? 你给我说说。"

邢开连一见这样子,心里也明白是他上午犯下的错。他心

42

想,贺主任平时对他还不错,他们是湖北老乡,她还是他的媒人,为他和路小群牵线搭桥,尽管这事还没有最后确定,但她对他的照顾他还是感受颇深的。于是,他大着胆子把上午的情况说了一遍,当然他是强调客观对他有利的一面。没想到,他刚说完,贺金苹一下子站起来了:

"小邢啊,你怎么能这样处理问题呢?事情没弄清楚,你一个监理工程师擅自动手拉闸断电,这有点过分了吧。你就不想想后果?你这样做……"

他刚要开口便被贺金苹打断了,"你不要说了,我只是说你这样做差点发生伤亡事故你知不知道。如果真的发生了工伤,你负得起这个责任?即是你有一千条一万条理由,就凭你拉闸这一条,就什么理也没了。"她的两只杏眼圆睁,停了一下又说,"再说了,小包在那儿,3号桩是我和小包他们商量好的要尽快完工,把模板拆下来另有用处。小包是混凝土浇筑得差不多了,给我打电话说家里有点事,请个假。你不找找小包吗?"

"找了,没找到。"他怯生生地说。

"找不到,也可以找我呀,好像你做的一切都是对的,别人都错了。是不是呀?你身上这浮躁气息真要好好改一改了。你看看包勇、路小群,还有牛基实,他们在这个工程上都有很大的进步啊。包勇在这工地上已写出了不错的论文,路小群也在总结工程情况,我看啊,唯独你在止步不前。这次施工单位对我们意见很大,你对这事要好好地反省反省。"

"贺主任,他们是有意扩大真相……"邢开连还想争辩。

"你不要说了。你不从自己的工作责任去检查,反说人家扩大事实真相。人家冤枉你了,诬陷你了?即便是这样,路小群也诬陷你?你呀,小邢啊,你真要清醒清醒了。"贺金苹说到这儿,翻开资料,"今天千幸万幸没有发生事故,要是发生伤亡事故,你我都逃脱不掉。"停了一下,她说,"就这样吧,下次不允许再犯同样的错误了。"

邢开连被贺金苹批评了一顿,耷拉着脑袋像是霜打的茄子,没精打采。

晚上,他拿着碗去食堂吃饭,也觉得大伙都在私下议论着他。他端着碗一人来到墙角的桌上,默不作声,可肚子里始终窝着火。

路小群吃完晚饭走出食堂,见牛基实路过,喊道:"牛经理晚上回去吗? 如果回去,我想顺便搭乘你的便车回家拿点东西。"

牛基实本不想回市区去,见路小群一说,他也只好讲,马上回市里办件事,并告诉路小群在监理组门口等。

路小群回到监理组就收拾东西等着牛基实,所有的这一切都在邢开连的视线之内,他不服气地想,人倒霉时什么人都会来欺负你,现在这个小黑皮,这包工头也来欺负人了,向自己的女朋友大献殷勤。你是个什么玩意儿,我就不信路小群喜欢你这个包工头?

路小群提着小包站在门口,邢开连晃晃悠悠地过来,"哟,等谁呀?"他不阴不阳地故意问。

"小邢,我回家去,明天一早回来。"路小群算是同他打招呼,又算是解释。

"回家就回家,你在等什么呢?"邢开连又问着。

"牛基实回市里,我顺便搭他的车。"路小群说。

"哟,巧合,还是约好的?"邢开连紧追一句。

"巧合怎么说,约好的又怎么说?"

"巧合就是巧合,约好的就是约好的呗。"邢开连又不轻不重地回了一句。

"神经病。"路小群噘起嘴站到一边不再理睬他。这时,牛基实将车开了过来,路小群急忙奔过去拉开车门钻进去就喊:"走!"

路小群的态度足足让牛基实吃了一惊,不知道为什么刚才还是晴空万里,转眼间就多云转阴。他摇了下头,心想,女人的心啊就是变得快。

随着牛基实慢慢松开离合器,这辆越野车驶出工地的办公区,奔向通往市区的大道。

路业清在外奔忙了整整一上午,下午他想把近阶段的几件事情处理一下。他刚看完一份文件,桌上的电话就响了起来。他习惯性地一手操起电话,一手在翻阅文件,只听到贺金苹在电话里高兴地说:"路局,喂,是路局长吗?……业清啊,告诉你一件喜事呀,新长路的资金基本可以解决了……"

"什么什么,新长路的资金解决了?"路业清一下子来了兴趣,"你告诉我,金苹,怎么解决的?"

"你现在过来,我在新长路的大凹山,长山乡的李镇长也在这里。你过来便知道了。"

"好,金苹,你们等着,我现在就过来……"路业清将摊开的文件摞了摞,提着公文包就匆匆地下楼。他边走边思考,贺金苹说,新长路的资金解决了,怎么解决的,她有什么办法?那可是个近亿元的缺口啊!他坐在车子里,只告诉张建兵去长山乡大凹山。大凹山是新长路的中段,几乎没有什么路可走,就连石子路都没铺上,完全是山里的茅草小路。张建兵见路局长一直沉思着,知道他心事很重,也没打搅他,集中精力开自己的车。

路业清的思路仍在资金上,他清楚,新长二级公路从张店开始向长山乡里接过去有 35 公里,按 1000 万每公里计算,需要

3.5个亿啊。他向厅里千呼万唤要来了8000万,厅里考虑发展山区经济,支持山里建设从世行那里又帮忙贷款1个亿,市里好容易给了7000万,还缺口整整1个亿呀。这贺金苹讲基本解决了,她有什么超人之力?难道她发现了金矿?她如果真的帮我解决了,我真要好好地谢谢她。他有点不放心,还是拿出手机拨通了贺金苹的手机。

"喂,贺主任,你可不能糊弄我啊。你说说,新长路的资金怎么个解决法?"路业清不放心地追问着。

贺金苹见路业清仍不放心,就直说了:"上午我来新长乡同乡领导通报路线走向和设计方案,征求他们意见,新长乡的领导同意我们的设计方案。我又问他们乡里能出资多少,这条路可以讲完全是为了长山乡修建的,几个亿工程你们总不能一分不掏吧。李镇长两手一摊,表示乡里确实困难,不过沿线的征地拆迁费用他们负担,不要我们来支付。我粗粗一算,征地拆迁大约有三四百万。下午,我同李镇长一块来大凹山察看地形,发现大凹山背后有两个石头山,山上什么也不能生长,我就同李镇长要求把这两个石头山要来给交通,作为补偿修路资金。反正修路需要大量石料,我们自己办个采石厂不就解决了……"

"哦,原来是这么一回事。"路业清松了口气,"这也是个办法。"接着又问,"开采石料矿产局能同意吗,再说石头质量行不行啊?"

贺金苹说:"矿产局同不同意,要问你这个局长啊,你怎么去向市长汇报,是你的事了。石头的质量问题,我看没问题,不行去趟省科研所,任和宝不是在那儿么?"贺金苹换了个手势,问:"你到哪儿啦,同你讲了这么长时间的话,这个月话费你得给我报销……"

"新长路的事解决了,给你报点话费算什么,我还得为你请功啊。"

"好了，别说好听的了，你来了再说吧。"贺金苹收起手机。

路业清的车子离开了大路，沿着石子小路走了几公里，又走了一两公里的土路，来到一座小山旁。车子实在不能往前走了，张建兵说："路局，前面实在不能走了……"

"你就在这儿歇歇，我下车走过去。"路业清打开车门下车，迎面一阵清新空气扑面而来，他做了一个深呼吸向四周望去，左前方的山上有几个人在攀爬。他回头又向张建兵打了个招呼，就朝那几个人直奔过去。

山坡上没有一条小路，满山的荆棘和低矮的灌木杂草，那些黄的红的不知名的野花在太阳底下晃动着小小脑袋。路业清爬了一会儿，只觉得浑身发热，他解开衬衫露出白色的汗衫，弯着腰继续往前……

"喂，你是路局长吗？往左边拐过去，我们去那边的石头山……"贺金苹在高声喊着。

路业清直起腰向他们挥挥手，就往左边拐过去。他沿着山坡慢行，又蹚过一条小溪，就看到了灰白色的山头，那不是石头么？他停下脚步，望望四周地势觉得不错，不太陡峭，修条便道进去就可以了。他拍了下脑袋，我这个浑脑袋瓜子以前怎么没想到啊。这回要不是贺金苹提醒，出了这个主意，解决新长路的资金自己还不知要折腾到什么时候呢。

他走了没多远，贺金苹和李乡长，还有乡办公室的王主任就赶到了。他们一行四人从山下往山上爬。整个石头山几乎是一块巨大的石头，上面零星地长有几根野蒿。路业清边爬山边问："贺主任，你是怎么发现的呀？"

贺金苹告诉他："我今天早上带着设计好的新长路线路图

到乡政府,同他们商量,我的意见是,新长公路是为了长山乡的发展,听听乡政府的意见很有必要。乡政府其他领导不在家,就李乡长和王主任在家,他们看了线路图后提出能不能沿线察看一下。于是我们几个一路寻来了。半途我发现这两个灰蒙蒙的石头山,同李镇长商量用长山乡的石头资源来弥补修路资金不足的问题。"

李乡长插上来说:"这石头山反正草木不生,留在这里也没用,我想也算是我们的出资吧。"

"这石头怎么开采,我们交通不……"

他还未说完,贺金苹就接上来:"交通局能不能搞个交通发展公司,由交通发展公司负责开采销售。我粗粗地算了一下,全市交通基础设施建设需要石料不下亿元,开采石料的前景还是可观的。"贺金苹停下来又补充着:"交通发展公司是我随口说说的,具体怎么搞,以什么名义,还得你们这些领导来定夺啊。"

"谢谢你啊,贺主任。"路业清停下脚步认真地说,他望了一眼跟前的这个女人,心里想,她真是一心为交通啊,我当初把她调过来,是完全正确的呀。

"谢什么呀,你替我报销手机费啊。"贺金苹笑着说,却不料脚下一滑,"哎哟——"身体立即倾斜,眼看就要跌倒了。路业清见状抢上一步,抱住了她……

她和他四目相对,一时间竟忘了旁边的李乡长和王主任……

李乡长开玩笑说:"我们可什么也没看到啊!"

大学毕业的那年"五一",路业清和贺金苹他们这个班组织集体去郊外爬山。同学们一起生活了四年,马上都要走上工作岗位,大家自然是十分高兴,也有的同学却十分惆怅。也许是因

48

为难得走出校园,大家都怀着一颗既兴奋又眷恋的复杂心情一起爬山。

路业清作为学生会的干部走在后面。他抬头一看,女生中班上的生活委员脚下一滑,摇晃了一下就要摔倒,就在这时他抢前一步抱住了她。其他同学都惊呆了,他们也是这样四目相望。好一阵她才缓过神来,满面绯红,不好意思地说,谢谢你。

爬山后的第二天晚上,她约他来到学校僻静之处花园一角。两人沿着石径小路漫步而行,她含情脉脉地问他:"业清,我们已相处这么长时间了,马上就要毕业了,有件事想问你……"

"什么事,问吧。"他也没往别处想。

"你想到哪儿工作?"

路业清对在哪儿工作根本就没考虑,觉得这个问题并不重要。他考虑的是毕业了,分配工作就会有一份薪水。读书不就是为了这个么?何况他家的情况并不理想,至于在哪儿工作无所谓。他含糊地说:"只要有份工作,在哪儿都行,当然喽,还是在家乡比较好。"

"哦,你没考虑到大城市工作,没考虑留校?凭你的条件那不是不可能的。"贺金苹歪过头问。

"嗨,我一个山里的穷人家的孩子,到大城市或者留校,能有这个份?老实说,我想都没想过。"

"我爸妈要我回武汉,他们也通过一些老战友的关系,把我调去武汉。"贺金苹不紧不慢地说,"业清,你也跟我一起去,好吗?"

"去武汉?"路业清停下脚步,"你说什么,你以前不是跟我说过,同我一道回我的老家吗?再说,武汉那儿我一个熟悉的人都没有。你有你父母关系,我能有谁呢?你爸妈也一直反对我们,说不般配……"其实,路业清根本就没想过他们的恋爱能有一个好结果,他总认为,她是高干子弟,他是山里孩子,不是一路人。

"你要是愿意,我同我父母去说,相信他们会同意的,也能办成的。"

"不成啊,你是干部子女,我是农村山里孩子,那地方还是不去的好。"

"你不要老是干部子女不干部子女的。干部子女不是也和你一样么,我们都在一起读书,下步一起工作,今后都要结婚成家……"

"贺金苹同学,你说得也有道理。可是,到了现实生活中干部子女处处要比我们优越得多,别看我还是学生会干部,但你们的优越条件比我强多了。当然,你不是那种人,可你的父母,你的兄弟姐妹是怎样啊?我知道,我自己能吃多少饭,有多少斤两,自己清楚。"

"所以你一直在回避我?所以你最近不愿与我交往,所以你……"

"金苹,你又想错了。"他缓和了一下口气,"我说的不是你不好,是社会的门第,社会观念。我确实很喜欢你,但要生活在一起,不是一天两天,那是几十年啊。我想了很多,可我真的没有能力去武汉呀。"

"那我找我父母去说,怎样?你是不是同意?"

"你就不能跟我去新江?"

"去新江我倒是愿意,就是我爸妈年纪大了,身边总得有个人照应啊。"

"你哥哥嫂嫂不是在武汉吗?"

贺金苹望了他一眼:"我说了你马上又得劲了。我嫂子是个高干子弟,她什么也不会干,动不动还使个小性子。我爸妈是看在过去老战友的面上,不与她计较,指望她照应,可能吗?"

"哦,金苹,你的美意我只好谢谢了。谢谢你能看上我这山里人,可我没有门路呀。"路业清长舒了口气,他怕回绝她让她伤心,就说你能把我弄到武汉也行啊。

"那好,我去想法子。"

"金苹,我还是那句话,你能把我弄到武汉,我就去。若办不成,我劝你同我一道去新江市,怎样?"

她既没同意也没反对,昏暗的路灯下,他也看不清她的表情。

到毕业分配时,贺金苹去了武汉,路业清分在新江市交通局。据同学告诉他,她走的时候,眼睛都哭肿了,还同她的父母大吵了一架。一直被她父母认为百依百顺的乖乖女,第一次发那么大的火。最后,她想想父母毕竟年纪大了,今后还要有人照应,她也只好悄悄地离开了他。毕业不久,他们还相互写信,后来路业清就不再回信了。为这事省科研院的任和宝还来信骂路业清小肚鸡肠,问他为什么不回信,是不是找到别的女人了……

李乡长回过头,见路业清扶着贺金苹,打趣地说:"路局,刚才你那一出英雄救美还真逼真呢。"

王主任也接着说:"路局的身手还真快哟。"

"我这是在同志危险时刻拉一把。你们下次在我危险的时刻,也别忘了拉我一把啊……"

"路局,你可不能这么说。你要是有什么困难尽管说,只要我们能办到的,保证全力解决。不说别的,就冲这次你为我们修这条路,解决我们这么大的困难,我们还不帮吗?"

"好吧,我们相互扶持,把这条路修好怎么样,李乡长?"路业清笑笑说。

"有路局长的支持,我们一定尽全力做好我们应做的工作。"

他们四个说说笑笑来到石头山的山顶。路业清弯下腰细细地看了看山上的石头,光秃秃的一片,没有几根蒿草,这石头看样子还是比较坚硬的。他心里发出由衷的感叹,好啊,全市修路的石料就在这里开采,新长路的资金问题也可以解决了。不过出于严谨,他还是说:"看样子石头不错,但能不能用,我不是学地质的,让专家们检测化验后再说吧。"

路小群一早赶到都河大桥建设指挥部监理组,邢开连像变了个人似的,拿异样的目光看着她。"你这么早就到了,是不是坐牛基实的车来的?"

"不是呀,我是'打的'到汽车站赶上了早班车。"路小群没有防备直接说了,忽然她意识到了什么,反问道,"哎,邢开连同志,你从来没关心过我坐什么车来上班,今天是怎么啦?我坐了牛基实的车又怎么样呢?"

"哎,小群别误会。我是看他牛基实开车的技术不怎么样,怕你坐他的车会出什么事呀。"邢开连知道自己说漏嘴,连忙转了个弯。

"出不出事,我不是已经安全到了吗?"

"没事就好,没事就好。"邢开连说,"我上午去工地了。"

路小群把监理组手头上的事务整理了一下,也到工地去了。她刚到 1 号桥墩,就看到牛基实正和工人们一起在浇筑混凝土。包勇跑过来高兴地说:"怎么样,牛经理,1 号桥墩今天能浇筑完工吗?"

"行啊,没问题。"牛基实保证道。

"小路,你看过没有啊,3号桥墩的模板撤除后,桥墩的水泥光洁度真好。"包勇说。"我觉得这批模板质量就是好。"路小群也认为是模板质量好。

正在他们俩谈着3号桥墩水泥浇筑得好,下一步想办法进行推广时,牛基实也过来了:"路监理,你是来替换包监理的吗?他昨晚整整一夜没休息了。"

"是吗?"路小群这时才注意到包勇的两眼红红的,"小包那你回去休息吧,这儿我来顶一天。"

"不要紧的,今天上午突击一下就结束了……"包勇笑笑说。

包勇没说完,邢开连就过来了。他已经听到小包一夜没休息,马上插话说:"小包你回去休息,上午我在这里,放心好了。累了一夜也真够呛的,我们的牛大经理也不把工作安排妥当,让我们这些监理老是连续工作。"

"没办法啊,邢监理,这工期紧啊。"

"那你怎么昨天就回去休息了?"

"这……"牛基实一时无话可答。

"好了,小邢,你就替我一下,我回去休息了啊。"

"这样吧,小邢你也别在这儿干耗了。我是女同志,白天我在这儿晚上你来吧,干脆让小包休息好,小邢你看呢?"路小群征求着邢开连的意见。

"你?"邢开连望着路小群。

"怎么,不相信我?"路小群说,"我是说白天我来,晚上我一个女同志不大方便,就你们男同志值班。"

"好吧。"邢开连又对牛基实说,"牛经理你也去项目部开会吧,晚上你和我一起值班。"

邢开连来到水泥拌和楼处,几名工人正在往里面加水泥、石子和黄砂。他把水泥的标号生产厂家仔细地查看了一遍,接着来到黄砂堆旁,问正在装黄砂的工人:"你们这批黄砂什么时间进场的?"

　　工人们见他戴着安全帽,胸前佩戴着监理牌,照直说道:"好像前天运来的江砂。"

　　"有没有检验过?"

　　"对不起,我们只知道干活,不管检验不检验,头儿叫我们怎么做我们就怎么做。"

　　邢开连抓起一把黄砂,他怎么看都觉得这砂子太细不大符合标准,想立即让拌和楼停下来,但又一想不要再像上次那样弄得自己被动,还是先问问清楚。不然,这些施工单位又要说自己扛着个监理的牌子到处找茬。他拿起手机拨通了牛基实的手机:"牛经理吗? 问个事啊,你们前天进的黄砂有没有检验过……我看好像太细不太合格……是吗,是包勇他带样去检验的……那好,我来问问包勇。"

　　他关上手机又拨包勇的手机,可手机一直在响着就是没人接听。没办法,他只好拨通了贺金苹的手机,向贺主任汇报了他怀疑黄砂不合格的事。贺金苹要他去试验室查查,看一下检验的结果。这批黄砂如果不合格将直接影响工程质量,谁也不敢马虎了事。他立马跑到中心试验室,查找前天送来黄砂的检验报告。

　　当他翻开一份黄砂检验报告时,他呆了一会儿,上面明明写着"不合格"。不合格怎么还在用呢,这不是对工程质量不负责吗? 他又拨了牛基实的电话。牛基实仍然告诉他是包勇检验后说是合格的,具体情况他也不知道。

　　邢开连一听高兴了,好啊,这回我不仅将了牛基实一军,还给包勇一点颜色看看。他又拨了贺金苹的手机汇报了情况，并建议立即采取措施停止作业施工。贺金苹犹豫了一下，说，具体情况她不是最清楚，要他再找找包勇，至于停止施工，要他自己根据情况看着办。

　　包勇一觉醒来已是下午两点多了。他爬起来跑到食堂随便吃了两个馒头就到工地去了。工地上还在施工，尽管有人在替他，但他还是有点不放心。

　　施工工地的浇筑混凝土已经停了下来。他在工地到处找邢开连和路小群，可他们连影子都没有，听工人们说监理路小群到项目部去了。

　　包勇跑到项目部经理室，路小群正在同项目部的几位领导商量下一步怎么办，就听到包勇在喊她，问没有施工结束怎么停止作业了。

　　路小群回过头："小包，你来得正好，我们正要找你，你来了。"

　　"找我？"包勇不解地问。

　　路小群望了牛基实一眼，说："前天他们购进的那批黄砂你在中心试验室怎么检验的，不合格你还在用？"

　　"谁说不合格？"包勇愣了一下，"检验报告是合格的呀。"

　　"合格的？"路小群不相信地说，"上午邢开连还去查的检验报告，上面明明写着不合格嘛，砂粒偏细，含泥量偏高。"

　　"不可能，走，去试验室。"包勇对牛基实说，"牛经理你能不能派一辆车，我们一起去试验室。"

　　"好，我马上派车。"牛基实说着，"你们稍等一会儿，我这就出去调车。"

　　包勇一面抓着头皮一面说："刚才我到工地上见停工了，以为施工结束了,正要问,几个工人告诉我是黄砂有问题才停止施工的,我就觉得奇怪。"

"小邢已向贺主任汇报过了,又查到了检验报告,这才让停工的。"路小群说。

他们还在为这事议论着,牛基实已调来一辆"昌河"小面包车。他下车,对路小群和包勇说:"上车吧,去中心试验室的路不太好走,你们坐稳了啊。"

一行几人来到中心试验室,包勇一进门就问:"韩春梅呢?"

一位三十来岁的妇女从里间出来:"小包,什么事呀?"

"我前天下午送来的黄砂检验报告怎么又变成不合格了?你把报告找出来。"包勇说。

韩春梅是这试验室的负责人,她手下有两个青年助手,都河大桥购进的水泥、钢材、黄砂,大都是在这儿检验的。韩春梅边查找报告边问:"小包,你送来的黄砂检验结果不是对你说过了么,两天不到你又要这个报告干什么?"

"不是我来找你麻烦,听说今天上午我们的邢工来查找黄砂检验报告,说报告上写得很清楚是'不合格'。他已经让施工单位停止施工了。"包勇说。

"上午我不在,听说邢工是来过,在这儿查找了好一会儿。他又没有要我们的人帮他查,他自己在我们的检验报告中翻来翻去,至于找到了什么,又同你们说了什么,我们不知道啊。"韩春梅说着,抽出一份检验报告,日期是前天,送检内容是黄砂,送检人包勇,检验结果明明白白地写着"合格"。

"你看吧。"韩春梅递过报告,"这就是你送检的报告。"

包勇看了一会儿又递给路小群,路小群从头至尾细细地看了一遍又给牛基实,这上面明明白白地写着"合格"。这邢开连搞什么名堂。

包勇开玩笑地说:"小群,你身份不同,看了后我们就能说得清了,不然邢开连还以为我在搞什么鬼呢。"包勇明显地是说,路小群是邢开连的恋人,你路小群看到了,不会再说我们是假的了吧。

"哎,你这个包子胡说什么呀。"路小群说着朝他眨眨眼。

"玩笑,玩笑。"包勇连忙解释。

牛基实看了一遍说:"你们看,多亏啊,又耽误我们大半天时间,还害得我们那么多工人忙上忙下……"

"小群,你看要不要给贺主任打个电话?"包勇征求路小群的意见。

"这个邢开连,尽做些混账事。"路小群气愤地说,"小包你给贺主任打电话汇报吧。"

包勇拿起中心试验办公室桌上的电话,拨通了贺金苹的电话:"贺主任,我是小包呀……有个事向您汇报……我和路小群都在中心试验室……对,就是邢开连向你报告的黄砂不合格的事,不对呀……这黄砂是我送检的,不错,是合格的……我怎么知道他是哪儿来的……好,好……"

包勇放下电话说:"贺主任很不高兴,批评我们做事不认真,还说她马上赶过来。"包勇转身又对牛基实说:"贺主任要我向你打招呼,很对不起,我们自己内部再找找原因。"

六

路业清回到家,女儿小群还没有回来,他也不知小群回不回来。他只知道最近施工紧张,女儿不回来是常事。他心想,年轻人嘛吃点苦也是应该的,在工程建设中得到锻炼和磨练也是好事。

朱丽华正在厨房忙着。路业清轻手轻脚走进去,从后面一把抱住正在切菜的妻子。

"干什么?"朱丽华喊起来,"死一边去,你少来烦我。"

"怎么啦,女儿不在家同老婆亲热一下嘛。"路业清嬉皮笑脸地说。

"松不松?不松我发火了……"朱丽华警告着。

"不松,就是不松……"

"我看你不松……"朱丽华在路业清的膀子上狠狠地一拧。

"哎哟——"路业清叫了一声,两手松开了,"你这个女人真狠啊,对自己的丈夫都这样。"

"狠?是我狠还是你狠?"朱丽华转过身来,"在外面野够了玩腻了,回到家又想玩老婆?"

"丽华,你说什么呀?"

"我对你说啊,路业清你少来这一套。"朱丽华两眼瞪着他,"你不要以为我不知道,我的忍耐是有限度的。我来问你,你今天跑到哪儿去了,去干什么呀?"

"我没到哪儿,也没干什么。"他不解地说。

"你呀,还想瞒我多久。要想人不知,除非己莫为,只要你做了总会有人看到的。"

"你说,看见我什么了。"

"好,你不承认没关系。"朱丽华更进一步,"你们在城里玩,怕人见了惹出麻烦,跑到山里就没人看见了是不是? 噢,山里面有情调啊,好去撒野呀,多亲热啊,一道上山一道下山,相互搀扶多有情趣。"

"你怎么知道的?"

"不要问我怎么知道的,有没有这回事?"

"你简直是胡扯。"他也有点火了。

她干脆关掉煤气跑到客厅,坐在沙发上哭起来:"我胡扯,我冤枉你了,你的妹妹也会冤枉你? 她也……"

"业秀?"

"对,是业秀告诉我的,怎么着? 男子汉敢作敢当嘛!"朱丽华昂起头,提高了声音,"路业清啊,就凭这一点你不是男子汉!"

他的自尊受到了极大的伤害,气得头上青筋膨胀,两眼喷火,血压猛升。他倒不是怪妻子,而是怪那个不息事的妹妹。这事放在谁的身上都会这样的,自己的亲妹妹会搬弄哥哥的桃色新闻吗? 会说自己的哥哥有外遇? 会诬陷自己的哥哥? 丽华发火,也有她的道理呀。他理解妻子的感受,往沙发上一坐,半天说不出话来。

"路业清同志,你不要激动。"朱丽华见路业清满脸通红,放慢声调,"我只想问问,是不是事实?"

"是!"他瞪着她,"也不是。难道你就不想听听我的解释?"

"我现在什么也不想听,我只想得到一个证实。"她两眼饱含泪水，显然她觉得自己受了极大的污辱和委屈。"路业清，你要是觉得我碍事，我们就分手吧。我就觉得对不起小群……"

"丽华，你觉得委屈。我呢？我不是更委屈吗？我受了污辱和栽赃啊。凭天地良心……"

"良心？你还有良心？路业清，自我嫁给你，我就死心塌地跟你过日子。你在外面玩也好闹也好，忙也好陪客人也好，我都是把这个家和孩子照料得好好的。我总想，男人嘛在外总应该干点事业，作为女人也应该，我也甘愿为你分担。说实在的，我就不能容忍你移情别恋，让别的女人一起分享我的爱情，分享你……"她抽泣着，"你自己说说，自你当了局长之后，你同那个老情人越来越不像话了，经常鬼混在一起。早知今日当初又何必与我结婚……"

朱丽华哭着跑进房间，他仰在沙发上长叹一声，心里在想，世间就这么不平，明明没有的事倒被说成有了，黑白颠倒无稽之谈嘛。当然，传播鬼话的人可恶，可夫妻间还应该相互信任啊。若不能相互理解相互支持，整天吵吵闹闹的，这日子怎么过呢，以后怎么办呢……

贺金苹把都河大桥监理组的人员召集到一起开了个会。会上，她对最近发生的事情做了自我检查，说最近工作忙，为新长二级公路的规划设计没有到这边来，院里已把设计方案交给局长办公会了。都河大桥这边的工作发生了一些问题，虽然问题发生在邢开连同志身上，但她也有很大责任，过问得少了，有的事邢开连也请示过她，她也没往深处考虑。她准备亲自去项目部听取意见和批评，再去都河大桥建设指挥部向领导作出说明，请求批评。

末了，她说刚才大伙对小邢提出的批评是诚恳的、认真的，希望小邢要好好地反思一下,从思想上吸取教训,其他同志也要引以为戒。并说我们每个人都要一心一意把精力放在工程建设上,为确保都河大桥高标准高质量地建设作出努力。

贺主任说了,其他人虽然对她没有多大意见,但她心里清楚。大伙都知道贺主任尽管来新江市没几年,但在交通公路和桥梁建设上做出过很大贡献,是教授级工程师,同时又是他们的领导、长辈,他们对她都很尊重。就是邢开连被批评,心里有一百个不服气,但表面上还是老老实实不敢说个不字。

贺金苹当然清楚邢开连此刻的想法,会议刚结束,她就把邢开连给留下了。她想与他好好谈谈,做做他的工作,开导开导他。

办公室里只有她和他,她收起桌上的文件资料坐到他的对面。"小邢,最近同小群相处得还好吧?"

他原以为她要狠狠地批评他,没想到她确实很关心他的个人事情。现在他既惭愧又难过,低下头像是受了委屈的孩子。"贺主任,最近我真琢磨不透小群的心思,她忽冷忽热,真有点让人受不了……"

"哦,说说看,小群有哪些不对的地方。"

"贺主任,别的我都不在乎,就是她老是同牛基实搅和在一起,处处还向着他,有时她还同他一道来一道去……"

"哦,你有点看不惯,受不了,觉得路小群与牛基实开始好上了,是不是?我知道了,你就为这个处处找牛基实的茬。找不到他个人的茬,就在工程上找出事来难为他,是不是?"

"不是的,贺主任。你要是这么看我,我也没办法。"邢开连解释着。

"小邢啊,小群这孩子性格活泼,热情大方。当初是我为你们俩牵线搭桥的,我当然希望你们能成功了。不过……"她说到这儿停了下，"有些事还得靠你自己去努力争取呀。这种事是急不得的，需要时间。你刚才说的路小群和牛基实经常在一起，这方面我认为是你太在意了。年轻人在一起是很正常的事，你如果真的对这些小事那么在意，很有可能会弄巧成拙。我还可以告诉你，牛基实这小伙子也确实不错，尽管他学历比你低，也是个大专生呀，人家在工程上已像模像样地干了几年了，现在又是项目部的经理，人也挺随和的。你就更应该好好地向人家学习，努力上进，从各方面严格要求自己。还有路小群这孩子不喜欢那些小肚鸡肠的人，你在这方面要大度一点，为这事我多次说过你。好吧，有空找小群多聊聊，年轻人有些话说开了就行了。我还是那句话，谈得来就谈，相互间性格不合就不要勉强。勉强走到一起没有什么好处，即使不成恋人也是同事，别跟见了仇人似的，对吧？"

邢开连点点头。

"还有啊。"贺金苹继续说道，"你要多注意学习，在工地就要像在工地样，不要总是西装革履，显得文不文武不武的，让人看了不是滋味。这一点小群是很反感的哟，不仅是她，还有路局长也很反感这样。"

邢开连非常感激她，表示今后一定在各方面注意，请她放心。贺金苹目送邢开连离开办公室，才拿起电话拨往路业清的办公室。电话连续响了五声都没人接，于是放下了电话。她有个习惯，一般给人打电话不超过五声，她想这么长的时间不接电话理由只有两个，一个是没有人，另一个是对方不想接这个电话。

她望望电话机，想再打一次，愣了一会儿还是没有勇气拿起电话。

路业清在市长办公会外面的小会议室里坐着,他要等到叫他,才能进去汇报。这会儿他又把新长二级公路的方案在脑子里理了一遍。他想,这样可在汇报时尽量脱稿,能不看稿的就不看稿,能简明扼要地说明情况就简单扼要把情况说明。其实,蔡副市长上午通知他下午参加市长办公会汇报新长二级公路建设问题时,他就细细地看了一遍汇报材料。正当他闭起眼想再默默复述时,小会议室的门开了,刘秘书来叫他。他连忙夹起包,拿起图纸跟随刘秘书走进市长办公会会场。

　　市长和秘书长们都在场,他一进去,蔡副市长就拉开身边的椅子:"来,老路这边坐……"

　　他径直走到蔡副市长身边,主持会议的市长蒋思荣望望路业清,见他带着图纸,问:"路局长,要不要挂起来?"

　　"蒋市长,最好有个架子把图挂起来。我汇报时让各位领导有个直观的感觉。"

　　"那好。"蒋市长回过头对秘书说,"小刘,去找个架子让路局长把图纸挂起来,我们大家也好熟悉一下地形。"

　　会场上的人,目光都集中在路业清身上,这是今天会议的研究重点,也是市政府十件惠民大事的其中一件,市人大提案,要求市政府必须答复的重点工程之一。

　　刘秘书从外面搬来一个架子,又帮着路业清把图纸挂好。

　　路业清站在图纸面前,清了一下嗓子开始介绍。

　　"各位领导,新长二级公路从朱家店开始经长山镇乡政府至大林场,沿长山乡各村修建,全长35公里。途经两条小河,五道小溪,需建桥涵12处,还有一片杂木林……"

　　路业清介绍完新长二级公路的地形地貌后,紧接着介绍新长路对长山乡的经济发展所起的作用。这是每位领导都十分重视与关心的问题,市长们都聚精会神地听着。介绍新长路对长山乡的发展作用，又谈到建设新长路的资金问题。当他说出预计总投资需要 3.5 亿元时,蒋市长插话说:"路业清同志,资金是个大问题啊,市里的财政也很紧呀。按理说建设公路完全是市里的事,交通部门负责建设就行了。可我市的情况大家都清楚,财政收入每年就那么几个钱。这样吧,我再增加,给你 2000万,以后慢慢再解决,杯水车薪,眼下主要靠你们自己想办法。"他停了一下又说:"能不能这样呢,你们先建……"

蔡副市长接着说:"为筹措资金,路业清同志已经三次向省交通厅汇报争取支持。我也陪着路业清同志去过省厅,交通厅虽然也有困难,但对我们新江市的交通事业发展十分支持,从各方面挤出资金支持我们,又帮我们从世界银行贷款,解决了一个亿。当然,资金仍有很大缺口,长山乡的财政也没几个钱,但修路他们是直接受益者,乡政府领导已表示,征地拆迁的费用由长山乡政府负责解决……"

"征地拆迁都是些山地,拆迁问题有几户民房,图上都标着,能有几个钱? 这些是乡里应该的嘛……"蒋市长说道。

"蒋市长。"路业清大胆地提出,"市里再给我们 2000 万,说实在的,只有百分之几呀。我也知道市里财政很紧张,我看2000 万我也不要了……"当他说到这里时,蒋市长以为他在将市里的军,带着另一种眼光望着他。

"不过。"路业清又说,"交通也不是印钞票的机器。我们党委研究过,请市里给我们政策扶持就行了。"

"好,有什么要求,当着各位市长的面说说看。"蒋市长也钦佩交通局长的勇气和胆略,高兴地问。

路业清离开图纸回到座位上:"我们交通要发展,交通局不能去银行贷款,我们准备成立一个交通发展有限公司,级别为科级单位,公司人员按事业单位编制核定。交通局以这个公司的名义贷款修路也就名正言顺了。"其他市领导正要插话，路业清举手制止："请让我把问题汇报完，我们不能只贷款没有产出，现在我们已经与长山乡政府谈妥，也不要他们一分钱了，只要他们划给我们两座石头山，让我们自己开采石料用于修桥铺路。这里有两个问题请市里给予支持，一是交通发展有限公司批准和人员核定问题，二是开采石料，矿务局等有关部门请市里给予协调……"

"好你个路业清哪，有办法，最后还是算计着我啊。这样吧，这是件好事，也是件稳妥的事，各位市领导都在场，为修建新长公路，请你们向分管人事、工商、税务、矿产的各部门打个招呼，交通在这件事上动了不少脑筋，想了不少办法，给市里挑了重担，各部门也要为市里挑点担子。支持新长公路建设就是支持市里的工作，不允许有什么阻力。路业清同志，你下一步工作把精力放在新长公路建设上，与各部门之间有矛盾请蔡市长出面协调……"

蔡副市长用胳膊轻轻碰了一下路业清："这下全解决了。"路业清对他报以微微一笑，站起来："谢谢市长的支持。"

"谢什么呀，你不也是在支持市里的工作嘛。哈哈——"蒋市长大笑起来。

路业清从市长办公会上出来，心情格外舒畅，仿佛天空也变得更蓝了，空气也清新了许多。他首先想到的是要把这好消息告诉陈振林和贺金苹，是陈振林的支持，贺金苹的主意，才使他得以走出面前这艰难的困境啊。

"喂"，路业清对着手机，"陈局长吗？我路业清啊，我刚从市长办公会上出来，请你和贺金苹马上到我办公室，我们再商量一下新长二级公路的事……"

陈振林同贺金苹从路业清办公室出来已是晚上六点半了。路业清收拾好文件和资料追上他们："喂，老陈、贺主任到东都大酒店，今天高兴，我请客，一起去喝一盅。"

"好啊，我已有半个多月没有沾过酒了，今天你路局请客，我可要开怀畅饮啊。"陈振林说。

"你们喝酒，我就不去了吧。"贺金苹说。

"那怎么成啊，你不去我这酒怎么喝？有道是男女搭配喝酒不醉……"陈振林半开玩笑地说。

"陈局，你今天拿我开涮，我倒要看看你是怎么醉的……"

"那就上我的车，贺主任你也坐我的车吧，我们今天小范围，让陈局长喝个开心。"路业清指着自己的车。

张建兵把车开到东都大酒店门口，路业清和贺金苹一前一后从车上下来，陈振林让张建兵替他买包香烟，也跟着进了酒店。

迎宾小姐上来拉开门："请。先生，请问几位？"

"四位，帮我找个小包间。"路业清跟在迎宾小姐后面说。

迎宾小姐将他们领到"紫萱"厅停下，很有礼貌地说："请，这是一个很好的小包间，不太大。"

路业清放下手中的公文包，环视一下包间，确实不错，最多能容下八个人，四个人比较宽敞。他们四个人各坐一方，路业清刚坐下就说："我今天请客是有条件的哟，你们一个常务副指挥，一个总工主任，得给我把好新长路的关啊。"

"啊，你今天的酒是要我们出力的呀，那我们就不喝了。"陈振林开玩笑地说。

贺金苹说："陈局啊，你也不是不知道，路局这人平时那么抠门，今天请你喝酒，会白喝？不过，不喝白不喝。你想啊，路局不请你喝酒，你就不出力了？"

"这话也是。"陈振林说,"不喝白不喝。"

"你们喝酒,我反正喝点饮料就行了。"贺金苹说。

"那不行,你得陪我们喝一杯,一小杯也行。"陈振林坚持要贺金苹喝白酒。路业清只顾自己开酒,不管他们的事。其实贺金苹能不能喝酒,他很清楚,一般情况他从来不勉强她。

路业清回到家已是九点半了,已有八成醉的他满身酒气,说话舌头也有点发硬,走路也有点摇晃。

"你,你看你成了什么样子了。"朱丽华见路业清回来了,就想到刚才看到的,气就不打一处来,"今天喝得开心啊,谈得也很有情调吧……"

"爸,你回来了,看你又喝多了。"路小群跑过来扶着他,"爸,你坐下歇会儿,我给你倒杯糖开水。酒喝多了酒精会伤肝脏,糖是护肝的,这是我听别人说的哟。"

路业清仰坐在沙发上,头靠在沙发背上,此刻他直觉得有点头晕。女儿递上糖水喝了一口,他拍拍沙发:"来,女儿坐这儿,老爸今天高兴,太高兴了……"

"是啊,今天是太高兴,一道下车一同进酒店,一起谈笑一块碰杯喝酒。就差搂着喝交杯酒了,怎么不高兴呢?"朱丽华不阴不阳地说着。

"喂,你怎么知道的,看到了什么……"

"告诉你,这是我亲眼看到的,要是别人告诉我,我还真的不会相信。"朱丽华提高了嗓门,"你们俩多亲热啊,以我的火气,上去给她两个耳光。路业清我问你,你以前总是说有事要应酬,要陪客人,这就是你的应酬,这就是你的客人? 你说,你们是不是经常这样约会,啊?"

"你说谁呀,我怎么越听越糊涂了。"他莫明其妙地望着妻子，"我同谁约会了？"

"还要我说得再明白点？"朱丽华说，"你的老同学老恋人，贺金苹！"

"丽华，你又弄错了。"他解释着，"今天啊，陈局长同我在一起……"

"陈局长？我没看见，只看到你们俩，就差点搂着上楼了，最好把她抱上楼，现在结婚都兴这个……"

路小群看看气呼呼的老妈，又望望满身酒气的老爸，怀疑地问："老爸，怎么回事？"

路业清拍拍女儿，"小群，老爸今天很高兴，啊，市里批准我们新长二级公路方案了。陈伯伯是常务副总指挥，贺阿姨是总工室主任，最近就要开工了……"

"真的？"小群睁大着眼问。

"老爸什么时候骗过你？老爸下午在市里参加市长办公会后非常高兴，就同陈伯伯和贺阿姨一块去了东都大酒店庆贺一下……"

"路业清啊路业清，你真会编故事啊。"朱丽华在一旁冷笑着说，"你是在哄骗女儿，还是在哄小孩？我亲眼看到你和贺金苹谈得热乎，为掩人耳目把陈局长也拉过来垫背。你这鬼把戏骗得了别人，骗不了我。"

"丽华，你要是不相信，你给陈局长打电话，问问他是怎么回事。"

"打电话问就问清楚了？他会说你和贺金苹的事？"

"那跟你是说不清了。"路业清也生气了，"你这么不放心，我还有什么好说的呢？你爱怎么想就怎么想吧，我也听够了受够了。"

"我还没说，你倒受够了。"朱丽华停了一会儿，带着哭腔说,"我也不要影响你了,那我们就分……"

"喂,老妈你说什么呢,可不许你胡说啊,都这么大年纪的人了,好意思说出这种话来。"路小群在爸妈面前尽力调解,"要我说呀,老妈你呢,你的猜疑心也太重了,我说过贺阿姨不是那种人……"

"你说什么……"朱丽华刚说。

路小群马上制止着:"等一下,让我把话讲完。这猜疑啊来自爱,不爱就不会猜疑了,是不是啊?另外,我这老爸也有点问题,你明知你老婆不放心,没事时就应早点回家啦。比如,今天就不应该在外面吃饭喝酒了,对吧?自你当了这个受罚的局长后,工作忙,这是事实,陪老婆的时间也极少……"

"对,女儿批评得对。"路业清有点清醒了,"我说过,现在我欠你妈的,等我退休了再慢慢补偿。"

"你不要像个判官似的。我知道,你是处处在袒护着你爸……"

"老妈这样说,我就无话可说了。好了,不说了。睡觉去,老爸起来睡觉去。"她拖起路业清扶着走进房间。朱丽华气得眼珠瞪得溜圆,抱着被子走进小房间。

路业清坐在办公室认真地反思着自己,最近妻子老是这么发牢骚,责怪自己同贺金苹在一起,是不是同妻子在一起的时间太少了。他细想想,也难怪啊。他除了晚上回家睡个觉,和妻子几乎很少在一起聊聊,更别说节假日一家人外出旅游了。凭着自家的条件,一个三口之家三人工作,经济条件是没有问题的,关键是自己没有这个时间啊。他翻着台历上的工作安排,也巧这个周末除了星期天要去检查公路"三乱"外,没有安排其他事情。他有个想法,一家人一块出去游玩一下,远处是来不及了,就在市郊应该说没有问题。想到这儿，他拨通了女儿的电话："喂，小群吗？我是老爸，问你一个事，这星期的双休日有事吗？"

"怎么啦？"路小群反问道。

"是这样的。"路业清说出心里的想法，"我这个双休日没什么大事，你不是批评老爸同你们在一起的时间少么。我想啊，我们一家人有好长时间没有一起放松放松了，一块儿出去玩玩，再包顿饺子……"

"好啊。"路小群高兴地说，"我们的都河大桥工程基本结束，剩下的交通安全实施，比如标志标牌，就不是我们的事了。"

"那你对你妈说一下，我们三口去磨山公园转转，然后回家包饺子，怎么样？"路业清求女儿的意见，"你妈要是愿意，我就让别人替我半天的检查，我就在家实实在在地休息两天。"

"你对老妈说不行吗？"

"小群，还是你说吧。你老妈这几天总是跟我过不去，我要是讲了，她可能又不愿意了。"

"那好吧，我来说，过一会儿给你电话。"路小群挂了电话。

七

五月的天气，总是这么明媚，到处盛开着鲜花，嫩绿的蒿草正勃勃生长。磨山公园游客虽然没有"黄金周"那么多，也不是那样拥挤，但来玩的人也确实不少。这些游人中大多是本市的，

70

大概是瞄准近效方便。有些青年人结伴而来,有的则携家带口,也有些小情侣成双成对到这儿来看风景。

路业清他们既没坐小车也没骑自行车,而是乘公共汽车。他的理由是乘公共汽车方便自由,玩起来轻松。路小群穿着一身淡黄色的连衣裙,就像一只翻飞的蝴蝶,显得分外活泼可爱。她要朱丽华也穿连衣裙,朱丽华没有睬她,穿着一件条纹的上衣和一条蓝色的全棉裤子,自然显得老气多了。她为这难得一家人的快乐,没有与老妈较真,时不时地搂着老妈老爸的胳膊,在公园的小道上漫步。

这磨山公园是以园中的小山而得名的。这公园里的山就像只磨盘,加上山顶十分平坦,山的东侧一座七层高的宝塔,远远望去就像一只磨子,而高高的宝塔仿佛是磨子的抓柄。

路业清一家沿着石阶上山,忽然路小群抛开爸妈,紧跑几步举起相机喊着:"来,看着我。"咔嚓一下,路业清和朱丽华两人携手上山的镜头被照了下来。

"这丫头,也不告诉我。我这头发被风吹成这样,也没理理。"朱丽华埋怨着。

"喂,我说了,你不能怪我啊。"路小群狡辩着,"就这样才有真情味呢。"

"来,小群,给你妈好好照一张,再请别人替我们照一张全家福。"路业清建议着。

小群一听老爸已发号施令,马上照办。当真的照全家福时,她倒建议到山上以宝塔为背景照。路业清望着调皮的女儿,高兴地说:"还是年轻人会设计,我们到底老了。"

在山上,朱丽华被女儿一会儿扯到这边在黄花前照一张,一会儿又扯到火红的月季旁,弄得朱丽华真有点烦躁……

正当小群拉着妈妈到处照相时,她忽然见一张长条凳上坐着位老太太。她想,现在爸妈心情都好,正开心时,何不让他们坐在一起照一张,那该多美啊。她把朱丽华拉到老太太跟前和蔼地对老太太说:"老奶奶,能不能请您稍让一下,给我爸妈拍一张照片。"

"行啊。"老太太站起身就让出位子。路业清坐在朱丽华的右面,小群拿着相机猫着腰对着他们喊:"靠紧点,再紧点。哎呀,老妈你干什么呀,坐坐正。对了,老爸……来这样。"小群把路业清的胳膊架在朱丽华肩上,"搂紧点……"

"哎,你真烦,拍一张照片,哪有这样捉弄人的?"

"别急嘛,喂小朋友,请你让一下,我给我老爸老妈补拍一张没有婚纱的结婚照。"

"小群,快点吧,不要浪费我们的感情,老在这儿戏弄我们了。"路业清说,"捉弄爸妈,你好像很开心,是吧?"

"看着点,笑点,好啦……"

路业清刚抽回手臂,"喂,慢点。"路业清又搂着朱丽华……

旁边看热闹的人都笑起来了,他们看着这个女儿是怎么捉弄爸爸妈妈的。

"嗳,好啦。"小群直起腰笑嘻嘻地说,"照了两张,这叫双保险。"

"这鬼丫头,越来越胡闹了。"朱丽华用手指点着小群的鼻梁,"竟然敢戏弄老爸老妈。"

"怎么是戏弄呢,这叫逗……"说着,咯咯地笑起来。

他们三个在山上转了一圈,朱丽华觉得有点累了,对女儿说,"小群,我们转了大半天了,回去吧。"

"回家?那要听老爸的,今天出来是他的主意。"小群用手指指正在远眺的路业清说。

"喂,业清,我们出来大半天了,该回去了。"朱丽华对路业清说。

路业清抬手看看表，“哦，是好长时间了，行啊，走，回家包饺子。”

路小群搂着老爸的一只胳膊，“回家喽。”说着缓缓地往山下走去。

路业清一家三口在外玩了大半天，一到家路小群就往沙发上一躺不想动，“累死我了。”

“累死了？我不叫回来，你还要继续跑吧？”朱丽华对着女儿喊着，“起来呀，准备包饺子。”

“老妈，求求你，让我歇会儿吧。我真的很累呀。”

“你歇会儿吧，我跟你妈先拌馅儿，等会儿我们一起包，不许耍赖。”路业清说。

“还是老爸好。”

“你就是宠着她，看把她惯成什么样了。”朱丽华嗔怪着。

路业清洗了手，挽起衣袖，端出一盆荠菜拌肉馅子搅拌着。他边拌边对小群说：“小群，去帮我把盐、味精、麻油拿来。”

“再打个鸡蛋，这荠菜我挤得干了些。”朱丽华在厨房里吩咐着。

“老妈就是烦，还得要我去拿鸡蛋。”小群嘟囔着。

“你这丫头，多拿个鸡蛋就累得不得了啦？”路业清批评女儿。

“夫妻到底是夫妻，处处都相互维护，不许你们联合起来欺负我……”

“你说什么，谁欺负你了？”朱丽华端着和好的面出来。

“不告诉你。”小群故意小嘴一噘。

路业清挑起一团饺子馅儿闻了闻，“不错，蛮香。”

"来,老路,你擀面皮,我和小群两个包。"朱丽华将搓好的面推给他。"行啊。"路业清也不推辞,抓起擀面杖又抓了把干面粉开始擀面皮。他那纯熟的技艺三下两下就是一张饺皮,不到几分钟妻子和女儿已包不及了。他放下擀面杖,见女儿和妻子一点点地将饺子捏好。他拿起一张饺子皮对女儿说:"来,我教你,看我怎么包。"

　　他把皮子放在手心,挑起一团馅儿放在皮子中间,然后两手的拇指和食指同时一捏,说:"这就叫'两八五(捂)',也就是两个八字一捏就成了,这样既快又好,看,怎么样?"

　　"捏紧没有,不要到锅里一煮全开了。"朱丽华不放心地说。

　　"怎么会呢。不信,等会儿如果松开了全给我吃。不过,你们捏不紧我可不负责任啊……"

　　"老爸,你这是从哪儿学来的?"小群觉得这样确实不错,问他。

　　"告诉你呀。"他故意停下来,望着女儿,"那还是在大学里我们班上那些山东的同学就这样包。他们包饺子的水平可高了,不仅包得快,就连剁肉切菜和面的速度都让我们大开眼界。特别是那些女同学……"

　　"还有那个贺……贺金苹,是不是?"朱丽华插上一句。

　　路业清斜视了她一眼,坦率地说:"她是湖北人,在这方面还真是外行。她们这些干部子弟在家也不干什么活。小群也在这儿,我承认我和她曾谈过,但我们之间绝对是清白的。你不要老是左一个贺金苹右一个贺金苹,我们现在是同事,说多了没有什么好处。"

　　"就是嘛,老爸都这么坦然,老妈你也该相信他们呀,总在说老爸同贺阿姨……让人听了都有点嫌烦。"小群有点不高兴了。

"好,好,我不说。我知道一提起她,你们两个都会反对。"朱丽华也不高兴地说。

路业清只顾擀面皮,见皮子堆积多了又帮着包一会儿。女儿对朱丽华眨眨眼,从鼻孔发出不满的一声,哼。

三个人沉默一会儿,只有擀杖和包饺子的悉悉声。饺子包得很快,一会儿就包好了,小群一只只数了一遍,共105只,拍拍手上的面粉对朱丽华说,这也是她故意说给朱丽华听:"105,也就是老爸'要你我'。"她今天真是处处在撮合父母,让母亲消除不愉快的念头。

朱丽华边擦桌子边说:"你爸才不要我呢。"路业清朝她眨了下眼,把饺子端进厨房。小群对朱丽华挤眉弄眼,又搂着她的肩,亲昵地说:"哪能呢……"正在这时,门铃响了。

小群跑过去开门,门口站着两个陌生的中年男子。小群一愣:"你们找谁?"

"你是小群吧,你爸在家吗?"

"我爸,你是谁呀?"

"我是……"

"小群,谁呀?"路业清以为是工作上的事有人找他,还围着围裙就赶紧从厨房里出来。

"哎呀,老同学,你不认识我啦?"

"你,哎呀,杨得贵,今天是刮了什么风,你怎么有空来我这儿?"路业清边解下围裙边说,"来,这边坐,小群替两位叔叔倒水。"

"哎——"小群应着去拿茶杯。

"业清啊,你这府上真难找啊,要不是你妹夫鲁志新告诉我,我还不知猴年马月才能找到啊。来,给你介绍一下,这是我的表弟成建忠,我们公司的经理。"杨得贵又替成建忠介绍,"这就是我常提起的大名鼎鼎的路局长,我的同班同学。"

"啊,路局长,久仰久仰。"

"别客气了,都是乡里乡亲的,又是老同学……"

"业清,水烧好了……"朱丽华刚一出厨房,见到客人,觉得有点突然……

"这位是嫂夫人吧。"杨得贵说着和成建忠一起站起来。

"坐,坐。"朱丽华说着就又退回厨房间。

小群端着两杯清茶出来,礼貌地叫道:"叔叔,请喝茶。"

杨得贵端详了一下小群:"我这侄女真秀气。"说着就端起茶杯轻轻一吹,呷了一口,漫不经心地说:"哎呀,老同学啊,不是我嫌你的茶太差了,你一个堂堂的大局长就喝这个?你呀……"他把茶杯放到茶几上,"我这老同学就是这么正统,生活得还是这么清苦,这茶叶都是二道的。不瞒你说老同学,我喝的茶都比你的好多了。"他望了一眼成建忠,"正好我们给你带了两听,你品品看,保证比你这个强多了。"

"别,我也不会品茗,对茶也没有什么爱好,只是这城里的水漂白粉味重了些,加点叶片改改味道。"路业清解释道。

"你呀,还是那个老样,当了官没有一点官气息……"

"你不要这样说,我是什么官啊,充其量是个基层普通干部。"路业清反问道,"老同学今天从老远来找我有什么事吗?"

"老同学不瞒你说,我们今天是有点小事来找你。当然喽,对你来说是小事一桩,对我们可就是大事了啊。"杨得贵转弯抹角地说,"我们的通运公司想参与你们新长二级公路建设……"

"好啊。"路业清高兴地说着,"欢迎你们来参加竞标。"

"我们已经参加了,到时请您路局长帮忙啊。"成建忠接上来说道。

"对,老同学。招标的公告我们已看了,标书我们也买了,到时想请你打个招呼……"

"我去打招呼让你们中标?"路业清笑笑说,"老同学,这一点,你可太抬举我了,我哪有那个权啊?你们不知道,坦率地告诉你们,现在交通工程招标行政不干预,完全由专家评标小组来打分评定。"

"老同学,我知道。"杨得贵说,"专家评分是个形式,那都是假的,最后都得由你们领导定……"

路业清举起手制止他:"老同学你可不能这样说啊,在我们新江市,交通工程都是严格按照招投标程序进行的,专家的意见是第一位的,你如果发现我们有不规范的地方,可以直接来对我说,也可以到市里举报,坚决纠正过来。当然,专家评定后是由我们领导来决定,这话不错。没有特殊理由,行政上是不能否决专家的意见的。"

"不管怎么说,最后定标还是你,你的一句话不就定了?"杨得贵故意缓和一下语气说。

"我说呀,老同学你不要误会。我建议你们回去把招标文件研究一下,认真地制作标书,这是最可靠的。"路业清说,"专家是凭标书和单位的实绩打分,我们是根据专家评定的分数,最终确定第一中标人,如果第一中标人有其他原因才会是第二中标人。一般情况第二中标人很难有机会,至于第三中标人中标的概率就很小很小了。你们考虑考虑吧。"

"我们公司也做过不少交通工程,也被评过部优和省优的项目……"

成建忠还没说完,路业清就接上来说:"我知道,你们公司的情况我也清楚。但我还是提醒你们不要指望哪个领导说话,认真制作标书最稳妥。"

"是,标书我们肯定会认真制作的。"成建忠说着,又用脚轻轻碰了一下杨得贵，暗示他该走了。

"不管怎么说，老同学你得帮帮我们啊。"杨得贵说着站起来，"老同学我们见一面真不容易，今天来得匆忙只带了两听粗茶，你就品品吧。我可说了，老同学送的再孬你也要自己留着，不许送人，啊。"他把"不许送人"说得特别重。

"我说了，我对茶叶没有兴趣，要求也不高，你……"

"喂，我不管你有没有兴趣，老同学的茶叶你总得收下吧，你总不会嫌少吧……"

"好，好，我收，我喝，不然啊你那刀子嘴又要说我看不起你了。"路业清说，"既然来了，就吃了饭再走吧。"

"这就对了，谁让我们是同学呢。"杨得贵边说边走，"不过饭就不吃了，有机会我来请你，怎么样？我们走了，下次再抽空来看你们。哎，我的那个侄女呢？"

路业清也没有留他们的意思，赶紧喊："小群。"

路小群蹦出来打招呼："叔叔，再见！"

"再见，嫂子，再见……"

朱丽华连忙出来说："再见，下次有空过来坐坐……"

杨得贵和成建忠刚走不远，路业清就找出围裙："我来烧水下饺子喽。"

朱丽华对小群说："小群帮你爸倒茶，你爸也忙了一天了，让他喝口水。"

"好吧。"路小群收拾好茶几，又将杨得贵他们喝的茶杯放回原处，顺手拿起沙发上的茶叶听重新给老爸泡茶。她把茶叶听拧开，一看惊呆了，这是什么茶叶啊，全是一百元的人民币。她尖叫起来："爸，爸，快来，快来呀……"

路业清听到女儿的叫喊，还以为出了什么事，放下手中的勺子跑过来。

"爸,你看……"路小群拿着茶叶听递给他看。

"什么?"

"全是钞票,哪是茶叶呀。"

"什么?钞票?"朱丽华听了也吃了一惊跑过来。

路业清从茶叶听里掏出一叠叠钞票,接着又拧开另一听,一看也是百元大钞。他粗粗一数整整四叠。望着这些崭新的人民币,他觉得又好笑又好气,久久没有作声,心想,这杨得贵也学会了社会上庸俗的一套……

"爸,刚才是些什么人?"女儿问。

朱丽华拿过这些钱望了又望:"业清,我们家可从来没收过人家的钱呀,这怎么办?"

"你说呢?"路业清反问她。

"我看不能要。"朱丽华坚定地说,"我看你那同学不是什么好东西,他是存心在害我们家。业清,我们家收入也不少了,也不缺钱,现在有好多的贪官被查得家破人亡……"

"收下它?"路业清故意问妻子。

"你想找死啊,路业清。"朱丽华沉不住地说,"这么多钱被人家知道了怎么办?再说,这事也很难不被别人晓得。"

"你看,这些钱也够我苦一阵子的了。这不费力马上就得到了……"路业清还没说完,朱丽华就叫起来:"路业清,我怎么没看出来,原来你也是个贪官啊。"朱丽华气得往沙发上一坐。

"小群,你说呢,是收还是不收?"路业清又问女儿。

"爸,老妈说得对。现在有好多贪官被抓被判刑,这钱,我看不能收也不应该收。"路小群坚决地说。

路业清又拿起钞票在手上掂了掂,"就这么多的钱完全可以把我这个局长给撤了,再判个两三年是不成问题的了。这些人啊,也真行。"说着他把钱往茶几上重重地一摑,"我路业清有我老婆和女儿的支持就好办了,腰杆也直了。我也在想,那些人也不是天生就是贪污犯,有的自己倒很正直,家里人行不正,结果走上了不归路。好啊,我有一个清正廉洁的家,我的老婆和女儿也反对贪污受贿。我原来还担心一些用心不良的人,打不开我的缺口,走我家人的后门。现在看来,我妻子和女儿是好样的,面对这么多的钞票也不动心,我就不怕对付不了这种人了……"

"算了吧。你刚才的表现真让我失望,见到钱眼光都变绿了,谁知你在外面收没收人家钱财。"朱丽华敲打着他。

"别人不知道我路业清,丽华你还不知道我的为人?结婚这么多年,我是那种人吗?"路业清辩护着。

"很难讲啊,现在的人有不少是这样。表面上堂堂正正,骨子里究竟怎么样谁也说不清。在外面找情人,买房子包二奶,不是有的是吗?"

"这一点我相信我爸不是那种人。"路小群说,"我老爸要是那种人,我就不认他这个老爸。"

"你一个小孩子家,哪里知道那么多。"朱丽华望了一眼女儿说。

路业清知道,再要往下说,妻子又要吃贺金苹的醋了。他拿起电话拨通了鲁志新的手机:"喂,志新吗? 我是二哥业清啊。你介绍的杨得贵和成建忠到我家来过了,你能告诉我杨得贵的手机吗?"

"有什么事吗?"

"有点急事必须马上找到他。"

"杨得贵就在我身边……"

"什么,他就在你身边?"路业清问,"那好,你叫他接电话……什么,刚走? 喂,志新啊,你们搞什么鬼? 你和他是不是串通好的?"

"什么事?"

"你不要装糊涂。你真的不知道……"路业清有点火了,
"我不管你知不知道,你们这事做得有点损了吧……志新啊,我
们是亲戚,我是你二舅子,你也知道我的情况。我这个人也不需
要多少钱,我就一个女儿。小群也工作了,而且工作还不错,你
嫂子在医院工作也不错。我们家里的生活还是比较安稳的,这
点点钱打动不了我,即使再多的钱也打动不了我。你回头给杨
得贵打个电话,请他明天到我办公室去把这个钱拿回去。我也
不想成为新江交通大贪官,恐怕你的岳母也不愿意看到儿子成
为贪官被抓起来……你现在不要说了,我都知道了,有些事太出
格了,也会影响亲戚之间的关系啦,我路业清要像你们想象的那
样,我今天也不在这儿了……好了不说了,你告诉他们,明天他
要不来我办公室把钱拿走,我就上交了。"路业清啪地把电话挂
断了。

"他们跟志新在一起?"朱丽华疑惑不解。

"老妈,你这下知道了吧。小姑他们从来就没安什么好心,
你有时还听小姑的胡话。"小群直接说,"我就看不惯小姑那样,
我爸老实她就老是搬出奶奶来欺负人,这回好了,又想来害我们
家,下次……"

"小群,别说了。"路业清关照她们说,"这件事你们知道就
行了,不要往外面传了,啊。理解的人,知道我们顶住送贿的了,
不理解的要说了,这一次没收,收了的不知有多少呢。不过,我
很庆幸,我的妻子和女儿都是好样的,也很痛恨腐败不正
之风。"

八

  几个月的磨合，新长二级公路终于开工了。这天，天气格外晴朗，可以讲万里无云，蓝蓝的天空犹如用水洗过一般，偶尔有一丝白云飘过更显晴空的纯洁。上午 8 时 58 分，开工典礼在长山乡镇的东面三百来米的小山坡上准时开始。三台推土机整装待发；两台挖掘机已经披挂着红花；10 台运土的自卸卡车一溜排列着，就像出征待发的战车只等令下；在典礼台的两侧彩旗猎猎，典礼的场面布置得简单而庄重。台下的长山乡的父老乡亲，施工单位 300 多人，有序地排着队，等待着……

  8 时 58 分，陈振林常务副指挥宣布新长二级公路正式开工，摄影机在不停地转动，照相机闪烁着亮光，电视台的记者忙着录像……陈振林侧过身介绍参加典礼的领导和专家：

  新长二级公路总指挥、新江市常务副市长蔡卫东同志，新长二级公路副总指挥、新江市交通运输局党委书记、局长路业清同志，新长二级公路副指挥、市公路处处长鲁平同志，新长二级公路副指挥、长山乡党委书记曲云林同志，新长二级公路指挥部总工贺金苹女士，长山乡乡长、新长二级公路征地拆迁组长李金华同志，新长二级公路 A 标项目部经理、省交通工程总公司副总经理张平同志，还有 B 标和 C 标的代表。陈振林介绍完毕，紧接着请新长二级公路副总指挥、新江市交通运输局党委书记、局长路业清讲话……下面一片掌声。

路业清胸前佩戴着红花，神采奕奕地向前跨了一步，向台下微微鞠躬致意，开始讲话，他那洪钟般的嗓音，给台下的建设者和长山乡群众以极大的鼓舞："新长二级公路，在市委市政府的支持下，在省交通运输厅的关心下终于开工了！这是全体长山乡的父老乡亲企盼多年的致富路、黄金路。我们一定要以极大的热情、高度负责的精神，以多快好省的冲天干劲，把新长二级公路建设成为优质路，使她成为我们长山乡的一条幸福路。全体建设者要对长山父老乡亲负责，对上级党委政府负责，安全优质地完成建设任务……"短短的讲话仅仅五分钟，就两次被热烈的掌声打断。他的话音刚落，台下就响起了长时间的掌声。陈振林两次示意，掌声才停止下来。这掌声说明了长山乡群众的心声，说明了长山乡群众的迫切愿望。接着，陈振林宣布施工单位代表，由省交通工程总公司副总经理、新长路 A 标项目部经理张平表示决心。

　　最后，新江市常务副市长、新长二级公路总指挥蔡卫东宣布：新长二级公路开工。

　　蔡市长的短短几个字，铿锵有力，伴随着市长的话音，鞭炮齐鸣，机车隆隆运转。台上人相互握手祝贺，台下一片掌声……

　　朱丽华吃完晚饭，一个人静静地坐在电视机前面看着新闻。丈夫和女儿都还没有回来，这种生活她也习惯了。她拿着电视遥控器搜索着她想看的电视。突然，屏幕上出现新长二级公路开工典礼的画面。她想起今天早上，女儿小群说过新长二级公路开工，看看这公路的开工场面。她看着看着莫名地生起气来，丈夫竟和她，又是那个女人站在一起，还不时地相互说着什么。看着他们胸前戴着的红花，她两眼都快要冒出火花了。心里在说，你们欢得那个样，就像一对结婚的新人，不觉脱口骂道，不知羞耻……典礼结束了,嘿,他们竟然喜笑颜开地相互握手……朱丽华气得眉毛都快竖起来了。她眼一闭,手一按把电视给关掉了,胸口起伏不平,感到有点隐隐作痛。

电视关了,她闭着眼仰坐在沙发上。

不知过了多长时间,路小群开门回来,见老妈闭着眼,电视也没开,走到她跟前用手摸摸她的前额,被她打掉了手。"哎,老妈想心事呀,我还以为哪儿不舒服呢。"

"不舒服? 是不舒服。"朱丽华睁开眼望了一下女儿又闭上了。

"老妈,你哪儿不舒服? 看你的眼都红了。"小群忙问道。

朱丽华想与女儿怄气也没意思,随即指指心口。小群以为老妈心口疼痛,用她那纤弱的小手替她抹着:"老妈,你怎么搞的……"突然,朱丽华睁开眼抓住女儿的手,问:"小群,你说实话,老妈和你爸哪个待你好?"

小群奇怪地望着妈妈,不知老妈为什么会问这个问题。她对妈妈的问题又不好不回答,便以攻为守地反问道:"老妈你怎么突然问这个问题?"

"老妈就想知道,你爱老妈呢,还是喜欢你爸?"

"我是你们的女儿,当然都爱,都喜欢了。"

朱丽华没有得到女儿的明确回答,她又闭上眼向后仰着靠在沙发上。小群紧靠在她的身边乖巧地搂着她,问:"妈,你究竟怎么啦,你说话呀!"

朱丽华又慢慢地睁开眼,搂过女儿,眼圈都红了,又问道:"小群,如果,我只是说如果,你爸和你妈离婚了,你想跟谁一起生活?"

"怎么可能呢?"女儿不相信地说,"离婚是件大事,总要有原因,总不能无缘无故就这么离了吧!"

"我只是说如果离了,你能告诉我,你会同谁一起生活?"朱丽华再次问女儿。

"我说呀,你们不可能。"小群摸摸朱丽华的头发,"如果你们真的离了,我谁也不跟。我这么大了,一个人应该有独立生活的能力了……"

"哎",朱丽华又闭上眼不再说什么。女儿依偎在她的身边,轻声问:"老妈,你今天到底有什么心事,发生了什么事让你这么伤心?"女儿思索了一会儿,问:"你是不是看到我爸有什么问题了?不可能呀,我老爸今天一直在工地忙着的呀……"小群自言自语着。

正当她摸不着头脑时,路业清回来了。

"老爸,你回来了。"女儿朝他挤挤眼,"老妈病了,你快看看吧。"

路业清见女儿挤眉弄眼,也不知道妻子真的病了还是有别的什么事,走到朱丽华旁边坐下,"丽华,怎么啦?"

朱丽华呼地站起来,朝他瞪了一眼:"哼,你回来做什么?"说着走进房间,砰的一声把门关起来。

"嗳,这又怎么啦?"路业清愣住了。女儿附在他耳根轻声说:"我回来时老妈就一个人闭着眼坐在这儿,电视也没开想心事,后来还问我是老爸好还是老妈好。再后来又说如果老爸老妈离婚了,问我跟谁一起生活……"

"离婚……"路业清睁大眼睛问。

"嘘——"小群指指房间,小声说,"老妈可能有什么事,反正你晚上注意点啊。"

路业清被说得一愣一愣的,简直是丈二和尚摸不着头脑。

当路小群被隔壁房间的声音吵醒时,已是凌晨三点了。她朦胧中听到爸妈好像又在吵着什么,她闭着眼静静地听了一会儿。"……你今天好开心啊……""怎么这么说话呢……""我不这么说又怎么说,你们戴着大红花并肩站在一起,多像刚结婚的一对新人啊,站在一起就差手挽手了,多风光多开心啦。如果我没记错的话,我们当初结婚还没有你们现在这样亲密这样亲近……你说话啊……"一阵沉默。"你这个人真无聊。"这是老爸的声音。

"我现在告诉你,那是开会,工程上的开工典礼。你又吃了哪门子醋啊,真有点莫名其妙……""开工典礼,你们俩就要站在一起,就那样亲热,这不是成心气死我吗?"

"我们又怎么亲热了,你这个人今天是怎么了……"

"我说错了,还是我看错了?告诉你,路业清,我的忍耐是有限的,我的容忍也是有限的,要么我们就离婚,要么你就离开她……"

"你胡说什么!"老爸好像有点火了。"前晌你还好好的,今天又犯什么病了……"

"你才犯病呢。你能看着你老婆同别人亲亲热热,你能容忍你老婆同别人偷偷摸摸……"

"喂,朱丽华,你别越说越玄乎,我哪一点同人家亲热了,我什么时候偷偷摸摸了?"

"你们俩都那个样了,电视都放了……"

"哎——"路业清真是哭笑不得。"朱丽华呀朱丽华,我怎么以前没看出来啊,你这个人怎么会这样小心眼呢,是不是更年期到了。"

"你才更年期呢。"朱丽华叫起来,路业清见她大声喊起来便不吭声侧过身去睡了。朱丽华见他不理睬她,又唠叨起来:"你不是以前没看清我么,现在看清了也不迟嘛,我就是这样的人,怎么啦,我就不能容忍别的女人去占有我的丈夫,这也是我的错?"

"放心,没人占有你的丈夫……"

"你们俩都那么亲热了,还……"

"好了好了,时间也不早了,我明天还有事……"

"你有事,我就不上班了?"朱丽华嗓门又大起来,"我告诉你路业清,你要再和她在一起,你就别回来,再不……我们就离了吧……"

"你要离就离吧,回到家整天就是唠唠叨叨这个事,我也受够了……"

"你受够了,我呢?"朱丽华委屈地哭泣起来,"好像是我在逼你离似的……"

"喂,你们怎么回事,深更半夜不睡觉吵来吵去!"路小群一脚踢开爸妈的房门,抗议着,"这么大年纪的人了还跟小年轻似的,动不动离婚,怎么说得出口。"

房内沉静了一会儿,路业清起身抱着被子过来,"好了,小群你去睡吧。我到客厅睡一会儿……"

路业清从办公室出来,对局办公室朱主任说:"我先去新长路指挥部,然后去交通发展投资公司的采石场看看他们工程进展情况,有事打我手机。"

朱主任请示着:"晚上能不能抽个时间陪陪省厅设计院的凌立峰主任?"

"啊,凌主任来了,他现在在哪儿?"

"现在去都河大桥工地了,贺金苹主任陪他一块去的。贺主任刚才还特意来电话,问能不能请您陪凌主任吃顿晚饭。"

"这?"路业清犹豫了,昨晚朱丽华还同他大吵了一架,就是因为他同贺金苹在一起。如果今晚再被朱丽华发现,又要……

"贺主任说了,凌主任对我们新江市的交通十分关心也十分支持,请您抽个空一定陪一下。"朱主任说。

朱向荣这样一说,他知道贺金苹显然是想他参加,这也是对她工作的支持。他转过身说:"晚上在哪儿?"

"我问完主任,等会儿再告诉您。"

"好吧,你告诉贺主任让她陪好凌主任,晚上我去参加就是了。"说着他提着包径直下楼去了。

路业清来到新长公路指挥部,指挥部里只有几名工作人员,其他人员全都到施工现场了。他在这个临时租借的村委会小院里转了一圈,工程科的同志要来陪他。他简单地问了几个事就叫他们去忙自己的工作,他一个人随便看看。他对这简陋的指挥部机关颇感兴趣,这是个典型的农家住宅,坐北朝南,北面一排主屋。原先中间三间是个大会议室,指挥部来了后才将三间隔开,只留了一间做小会议室兼接待用房,墙上挂着新长二级公路的线路图。最东面一间是副总指挥办公室,里面放着三张办公桌和一张临时的单人床。西面是两间隔开的工程科和计划财务科,一部电话放在门口做公用,工程科墙上挂着工程进度表,计划财务科墙上挂着各种报表。东边厢房,一间是综合科,另一间是小厨房。西面的两间厢房则是住宿和值班用房。村委会小院的中间是个有近两百平米的院子。院子的西边除有两棵梧桐外没有别的树木,墙角栽种着月季花。院内的地面原先是泥土面层,只有砖块铺成的过道。陈振林让工程科的同志找人浇上水泥地坪。路业清在院子里的梧桐树下站了一会儿,仰头望望这两棵绿荫葱葱、高大魁伟的梧桐,心想有了这两棵大树,烈日盛夏便可以纳凉了。

当他来到后院时,眼前的情景着实让他吃了一惊,好大一个院落,足有一亩,却空空荡荡,四周只用竹篱笆编隔着。他也曾来过这里两次,但他从没到后院看过。他想这个村委会为什么不充分利用这个后院呢……

张建兵过来问他:"路局,我们是吃完饭再走还是现在就走?"

他一看表,说:"就在这儿吃吧,吃过了我们就去采石场。"张建兵出去把车子停放好,取来路业清的茶杯。路业清又回到工程科,两个小青年放下手中的图纸站起来,他示意他们坐下继续工作,说他没有什么事,便掏出笔记本面对墙上的图表仔细地看看,又记下一些数据。

路业清来到轧石场时,这儿下午刚上班一会儿。场地上的人们正清除四周杂物,一台压路机正来回碾压着场地。这个足有两千平方米新开出来的场地整得还算平坦,可惜的是还没有铺上石子浇上水泥。

他来到工人们面前,几个人认出他是路局长,一位稍年长的工人主动停下手中的活儿同他打招呼。

他问他们什么时间浇筑水泥地坪。工人们告诉他,明天往场地上铺石子,再压一遍,就在这两天开始浇地坪。地坪一好,马上就安装轧石机。一个工人说:"牛总昨天专门开了个会,说这个月必须投产,年内至少要生产 10 万至 15 万吨的一般石子。另外,一边生产一边建设,准备在那边再建个这么大的堆料场……"

路业清顺着他指引的方向一看,嘿,附近一个小土堆。这牛基实还真会利用关系啊,上次李镇长在这儿说了用地尽管用,他还真的放手干上了啊。好,干得好。如果年内能搞个 10 万吨以上的石子,那我们的投资成本没几年就能拿回来了。他心里想着,满意地点点头,问:"你们牛总呢?"

"下午放炮炸石,牛总不放心那帮人,他亲自去爆破现场了。"其他人插上来说。

路业清一听牛基实去石头山爆破了,转身对大伙说:"你们忙吧,我到那边去看看你们牛总。"

路业清刚要离开轧石场,张建兵过来问他到哪儿去。他说:"建兵,你就在这儿休息一会儿,我去石头山找牛基实。"

"我送你去。"张建兵对他说。

路业清回头对他说:"不用,那条刚修的石子路不好走,别把车给碰着了。"说完就大步流星地往山里走去。今天的天气格外好,阳光明媚,天上不时也飘来几朵白云,温暖的太阳给这山里带来分外的清鲜,山青树青蒿草青青。他没有心思去欣赏这山里的景致,一个劲地往前赶去。

牛基实就在石头山对面的小山包上。路业清翻过山就看到几个人正忙着。他没有大声喊他们,只是快步向他们走去,离他们只有五六十米时牛基实看到了他。

"路局长,您怎么来了?"牛基实招呼着迎了上来。

"我来看看你们呀。"路业清又问道,"怎么样啊,还顺利吧?"

"顺利,我们已经装好了炸药包和雷管,现在他们正在连接电源。"牛基实汇报道。

"要注意安全啊。"路业清说着来到他们面前。

"你们几个把电路查一遍,再把闸刀接好,螺丝拧拧紧啊。"牛基实交代完,转过脸对路业清:"哦,路局,您没有安全帽,您先戴我的吧。"他忙脱下自己的安全帽递给路业清。

"你的呢?"路业清问道。

"我去拿,您戴吧。"牛基实又对另一人喊道,"张军,张军。"

"哎——"一个小青年应着。

"你去再拿个安全帽来。喂,我等你啊。"牛基实见张军去了,就向路业清汇报着,"路局,我们准备四点半起爆……"

"四点半?"路业清看了一下表,还有一个半小时,"都准备好了吗?"

"全都准备好了,那边的炸药包和导火索我和姜工细细地查了一遍。这次是三个炮眼同时开始爆破,电源闸刀往上一合就起爆,炸药是 TNT,每个炮眼两公斤。姜工说根据这次爆破的情况再定下步的炸药量……"

"我不是爆破专家,就这两公斤 TNT 行不行? 爆破后再说吧。"路业清有点担心药量不够。

"这是我们第一次爆破,还掌握不了这石头山的石头有多坚硬,只是就打炮眼时的情况看,这石头的硬度还可以,反正先试试看。路局,如果不行下次就有数了,姜工说得也有道理。"牛基实指着对面的石头山上插着的红旗……

"爆破工作安全最重要,这可不是闹着玩的啊。"路业清提醒道,"一定不能伤着人啊。我把你从施工单位调来,你小子千万别给我捅娄子啊。"

"放心,路局。"牛基实又指指石头山爆破的四周,"我已在离爆破的中心三百米远的地方插上了红旗,并派人专门看守,不准外人进去。"

路业清看了看没有什么要说的了,这时年轻工人张军送来一顶安全帽给牛基实。牛基实戴上安全帽,问正在装闸刀的工人:"你们装好了没有? 不能随便通电啊。"

"放心,牛总。"工人们回答说,仍在继续忙着。

牛基实又查了一遍,来到路业清面前:"路局,起爆时间快到了,您先回去吧。"

"怎么? 你要赶我走?"路业清笑着说,"小牛啊,今天是你们第一爆,我就是特地赶来看你们这第一爆怎么样的,你要赶我走?"

"哪能赶您呢,我是为您的安全着想。啊,对了,路局您就在这儿,我去看看高音喇叭接上没有,马上过来。"牛基实说。

"去吧,我就在这儿。"路业清挥挥手。

牛基实和另外两人把一只大喇叭绑在一根大竹竿上,又把竹竿树立起来,支撑牢固。他用手在下面话筒上轻轻弹了弹,喇叭发出咔啦啦的响声。路业清看看高音喇叭,朝牛基实走去。

"小牛,你们现在好清场了,还有二十分钟就要爆破了,赶紧让所有人撤离到安全地带去。"路业清提醒着牛基实。

"好,路局,我们马上就开始。"牛基实拿起话筒,喊道,"各防护人员注意,各防护人员注意……"洪亮的喊声送出很远很远,在这群山中回荡,"爆破马上就要开始了,请所有人员赶快撤离……"

随着高音喇叭的不断播放,路业清背着手望着对面的石头山,他在想,马上就要爆破了,一股烟雾将伴随一声巨响冲天而升,巨石翻飞,千年沉睡的石头今天才被炸开,铺成大道啊……

"路局,今天天气不错,阳光也好,能见度清晰,一眼能望好远。"

路业清点点头,没有说话,他就像临战前的指挥官威严而又沉稳。

时间一分一秒地过去了,嘀嗒嘀嗒的秒针在快速地走着,路业清不时地抬起手腕看看表:"时间快到了,小牛……"

"时间到了,路局。您来主持爆破吧。"

"这儿你是总指挥,我们大家都听你的。"路业清半开玩笑地说,"你就不要谦虚了,喊声开始吧。"

"那我们开始了,路局。"牛基实望着他。

路业清点点头,"开始吧。"

牛基实郑重地走过去拿起话筒,大声喊道:"大家注意了,所有在场的人员注意……现在,听我的口令准备起爆。十、九、八、七……二、一,起爆!"

就在牛基实一声起爆令下,负责推上电源闸刀的人员将闸刀轻轻合上,紧接着对面的石头山连续传来"轰、轰、轰"三声巨响,随着冲击波的气浪,一股烟雾很快腾起,弥漫一片,碎石腾起又落下来,发出碰撞声……

路业清看到这情景,内心十分高兴。如果说刚才的心情还有忐忑的话,现在就像石头落地一样踏实了。他来到牛基实跟前脱下安全帽交给他,伸出手:"祝贺你,一炮打响啊。"

"谢谢,路局。"牛基实也很高兴。

"那我就可以走了,你们还得清理一下施爆的现场啊。"路业清指指正消散的烟雾,"清理现场同样得注意安全啊。"

"好的,我们马上着手清理。"牛基实说。

路业清的手机响了,他拿起手机,是办公室朱主任打来的,朱主任告诉他晚上安排在设计院的食堂。他告诉朱主任,现在就回去。最后,他要朱主任告诉贺金苹,要遵照局党委有关厉行节约和公务接待的规定……

朱主任告诉他:"今晚是贺主任个人请你们,就您和凌主任,没有其他人。"

路业清一听,说:"我现在就回去。"

路业清离开采石场,他看看表,关照张建兵直接到交通规划设计院。尽管他马不停蹄地往回赶,到了设计院还是迟了半个小时。

他推开门,贺金苹正和凌主任在喝茶谈论着。贺金苹见路业清来了,忙站起来说:"路局来了。"说着起身替路业清接过包,请他坐到对面。

这是一个不大的小餐厅,也是设计院唯一的一个小包间,一张小桌子最多只能容纳五六个人。现在是凌立峰、路业清、贺金苹和送凌立峰来的驾驶员四人,他们一人各坐一方。贺金苹给路业清倒了一杯茶,说:"我刚才同凌主任说了,新江市的交通这几年虽有很大的成就,但要彻底改变交通的落后状况,还要下很大功夫。就目前看,交通还不能完全适应社会和经济发展的要求,更别说是超前发展了。"

说到交通的发展,路业清马上接过来说:"凌主任,新江交通这几年的投入确实很大,交通也有了很大改变,负担也很重呀。我倒是有个不成熟的想法,新江的国道省道、高速公路建设目前在全省不是太落后,但农村公路建设还是相对滞后一些。特别是通往各个村庄的道路,有一半还是砂石路,更别说是沥青路和水泥路了。这些路,经拖拉机一扒就是一个坑一个坑的,晴天还稍好些,要是天阴下雨下雪,坑里积满了水,行走十分不便。凌主任,你们城里领导不知我们农村的苦处哇……"

"哎,我也是农村出来的啊,每年都要回老家几趟,怎么不知道农村情况? 这一点,你就官僚了吧……"

"喂,你们两个老朋友一见面就谈工作,而且谈起来没完没了。"贺金苹见他们谈起工作来,就说,"现在下班好长时间了,工作上的事下次再谈吧。路局,喝什么酒?"

"还喝酒吗,路局?"凌立峰望着路业清说,"我可要赶回去的哟,明天一早还有个会。"

"别问我,这是贺主任个人请客,不吃白不吃。"路业清笑着说。

"贺主任请客,也不要喝了吧?"凌立峰望望贺金苹说。

"哎,人家是高干子弟,没有什么负担,经济条件宽裕,不要紧的。"路业清说。

"路局,你又来了,什么高干不高干的。"贺金苹抗议着。

"开个玩笑。"路业清笑着说,转脸又对凌立峰说,"你我都是客人,随便吧。贺主任怎么安排,我们就怎么吃。"

"好吧,就来一瓶……"

"喂,一瓶能喝得了? 就我们三个人,这位师傅要开车又不能喝。"凌立峰几乎要喊起来了。

"你们两个人喝啊,我可不会喝!"贺金苹也笑着说。

"你不会喝酒?"路业清说了这一句,意识到自己差点说漏了嘴,马上补充道,"你不会喝酒,拿一瓶让我们两个喝,是不是存心想把我们给灌醉,看我们的笑话?"

"哪能呢? 你们能喝多少,就喝多少,喝不了我带回去烧菜,还不行吗?"贺金苹说。

"这还差不多。"凌立峰说。

贺金苹让厨房的师傅上菜,她亲自替凌主任和路业清倒酒,她和凌立峰的驾驶员则喝茶。

凌立峰喝下一小杯酒,夹起一块家常豆腐对路业清说:"现在的规定就是好,开车不喝酒,喝酒不准开车。如果没有这个规定,我的这位师傅今晚也要喝两口,那我今天回去就危险了。"

"是啊,早就应该这样了。"路业清放下筷子说,"现在的规定就是务实,不瞒你老兄说,我对这酒就没有多少好感。我也喝醉过几次,那股难受劲儿呀,真是不好说。就这样,能喝多少就喝多少,喝个舒服,喝个痛快多好呢。有些人呀,非要去拼去比,非要把别人喝趴下才高兴,才叫什么豪爽。我觉得,这本身就有心理缺陷。"

"不过，你路局还是务实的人，人品人格，说话办事，都让人钦佩。这不仅是我们厅里一些人对你的评价，你们新江市交通的干部群众都觉得你路局是个直爽之人，干起事来雷厉风行。"凌立峰放下酒杯，"今天，我看了你们规划设计的两个科室，又到几个工地看了一下。大家在无意间都提到你路大局长，对你路局长真是十分佩服……"

"你别当面说我的好话……"路业清打断凌立峰的话。

"就算我是当你的面说的，那些群众可不是当你的面说好话的哟。"凌立峰坦率地说。

听了凌立峰一说，路业清马上转过头来问贺金苹："中午怎么安排的?"

"我们的凌主任不肯回来，就在施工单位同职工一起吃了一顿工作餐。"贺金苹如实汇报道。

"凌主任下基层，同职工群众打成一片，精神可嘉呀。"路业清点点头，连连赞赏。

"这有什么? 同那些职工群众在一起，我倒觉得更舒心。"凌立峰很自豪地说。

"新江的交通建设，还要你老兄回去后向厅领导说说啊。新江的公路建设，特别是农村道路建设，那些乡间小道的改造和一些桥梁的维修，真的是迫在眉睫了呀，有的桥梁已有多年没修了。我想趁着路网改造，一并进行修建。你想啊，我们这边的任务有多么的繁重。"路业清又说到工作上了。

贺金苹见他们又在谈工作，便说："现在是吃饭喝酒，工作的事等会儿再说。来，我敬你们……"

"你敬我们? 拿这个，用水来敬酒?"路业清望着贺金苹说。

"我不会喝酒，凌主任也清楚我。"贺金苹望了一眼凌立峰说。

不过,凌立峰从来没见贺金苹喝过酒,忙说:"酒就不喝了吧,贺主任,你也别敬了,我还要赶回去。"凌立峰说。

"今天非要走吗?"路业清问凌立峰。

"走啊,明早还有会。"凌立峰坚定地说。

"那好,凌主任一定要走,我们也不耽搁时间。来点什么主食,贺主任?"路业清对贺金苹说。

"那就面条吧,厨房的师傅已准备好了。"贺金苹说。

"好,就面条,长(常)来长(常)往,凌主任,怎么样?"路业清说。

"行,来点面条最好了。"凌立峰说。

"酒不喝了,你回去可要为我们新江交通多呼吁啊。你要不支持我们,就没人支持我们了啊。"路业清笑着对凌立峰说。

"一定,我一定会在各种场合呼吁的。"凌立峰肯定地说。

不一会儿,食堂的师傅将面条端了上来。

路业清扒拉完一小碗面条,问凌立峰:"这么晚了,还往回赶?"

"嘿,有什么关系,不就是一两个小时的路程嘛,很快的。"凌立峰站起来说。

"那就不耽误您大驾的公务了。"路业清连忙起身准备送凌主任,他告诉张建兵在门口等他一下。

他们在门口送走凌立峰,路业清见贺金苹还没走,叫住了她:"贺主任,我送你吧。"

"不用了,我自己走吧。"路业清拉开车门,"顺路送一程,给我一个服务的机会,来吧。"

贺金苹见张建兵也在向她招手,就说:"好吧,就到和平路口停一下我下来,你们在那儿拐个弯就回去,也不绕路。"

车到了和平路口正好是绿灯直行,贺金苹要停车。路业清制止着:"停什么车呀,送君送到半路上,那怎么行呢,一会儿就到你家门口了。"停了一会儿:"哎,贺主任这么长时间你都不叫我们到你家坐坐,喝杯茶……"

　　"哎,路局长,我家庙小,哪能容得下你这么大的菩萨啊?"

　　"那好,今晚没事就去你家坐会儿……"

　　"今晚? 可不行,改天吧。"

　　"改日不如当日,就今天。"路业清正说着,车已到了贺金苹家楼下。小区的灯不太亮,行人也稀少。车停稳后,路业清问:"几楼呀?"

　　贺金苹拉开车门:"405。"

　　路业清也拉开车门下车。贺金苹见他真要随她上楼,回头说道:"路局,你还是回去吧,你一个堂堂的局长昏天黑地到我家,不好吧?"

　　"怎么不好?"路业清上前一步,"金苹,你……"

　　"路局,你喝多了,真的。回去吧,免得别人说闲话。"她说得很轻。

　　"你怕什么? 我又不会……"

　　"路局,你今天确实喝多了不方便,改天我请你们全家来做客,怎样?"

　　听到贺金苹这么一说,路业清想也是呀,于是,他上前对贺金苹轻声说:"今天就算了,下次我有话要对你说。你上楼吧,我要看着你上去。"贺金苹转身赶紧上楼,她怕路业清改变主意跟上来,发生尴尬……

　　路业清站在下面看到405室灯亮了,才回身进车,告诉张建兵回家。张建兵倒好车,慢慢地驶出小区。

路业清一到家,朱丽华就喊来女儿:"小群,醉鬼回来了。"

"啊,就来。"小群从房间跑出来,见路业清虽然身上有点酒气,但应该还没喝醉,她忙问道,"爸,你是不是喝醉了?"

"没有啊。"路业清说,"哪能呢,老爸有数,别听你妈胡扯。"

"喂,路业清,你看看你的眼睛都红了,还嘴硬。"朱丽华站起来指责着,"你不是喝酒就是找那个女人。你老实说,今晚是不是又和她在一起?"

路业清整天都听着这没完没了的唠叨,火气就不打一处来,加上又喝了酒,马上反驳道:"我喝酒了,又和她在一起,你怎么着吧。"他见朱丽华总是在怀疑他,没完没了地攻击他,心里烦透了。他想,夫妻之间如此不信任还有什么意思呢?眼前是朱丽华,如果是贺金苹她也会这样吗?她是那种人么?说不定在这种情况下她还会端来热茶热水,安慰他以后少喝点酒,酒会伤身体的……

"爸,你坐下,看你这个样子真的喝多了。"小群见他与妈妈发生争执,为他端来一杯热茶说。

"我能怎么着,看你这个样子,我还能怎么着呢。"朱丽华见女儿来打圆场,声音低了下来,"路业清,我知道你心里早就没有我了。我也不想烦你了,我俩还是分手吧,免得你看我不顺,我看你有气……"

"妈,你说什么呀。"女儿叫起来,"以后不许这样说,谁说我都不客气。"

"小群,你妈的这种话你也听到了。"路业清嗓门倒大了起来,"朱丽华,你别老是以这种口气威胁我。我不怕,你要分就分。"他把茶杯往茶几上重重一放。

"老爸!你们两个都不许再说,谁说我都不客气。"女儿也喊了起来,"都这么大年纪的人了,老是说这种有伤和气的话,好听吗？老妈,你开始说这种话就是不对。不过,老爸今天酒可能是喝多了,大概酒劲上来了,也不冷静。从现在起你们谁也不准说话,早点休息。"

小群这么一喊,他们两个倒是安静了一会儿。路业清往沙发上一靠闭上眼,长叹口气。朱丽华把电视音量调大,铁着脸对着电视机,谁也不理睬。小群为路业清又加上热水,碰碰他,示意他喝水。

他睁开眼喝了口茶,嘴里嘟囔着："神经病,整天都是这些无聊的鬼事……"

"路业清。"朱丽华把电视遥控器往旁边一扔,"我是神经病,我整天疑神疑鬼的,你们不好不在一起,不让我说话吗……"

"在一起又怎么啦？告诉你,今晚我们就在一块喝酒的,你爱怎么想就怎么想吧。"路业清以为他今晚陪凌主任又被朱丽华知道了,心中的怒气加上酒劲自然发起火来。

朱丽华对女儿说："小群,你都听到了,你爸和那个女人已经这样了,还有什么好说的呢。"她又对路业清说："既然这样,你们也不要偷偷摸摸的,我避开,我让开,成全你们不是更好么……"

"好了。"小群跺了下脚又叫起来,"老爸你喝多了,睡觉去。"她拖起路业清,把他推进房间。朱丽华气呼呼地把电视一关,闷坐在那儿。

九

路小群在办公室整理着资料。她一看到施工单位报来的资料不完整就来了气。她把那些资料盒一个一个地往桌上乱掼,弄得满桌乱糟糟的。路小群平时不是这样的,也许是因为昨天她爸妈闹别扭的缘故,她还在生气。

邢开连本来准备好好地找她谈谈,一看这样,问道:"怎么啦,小群?"路小群没理他,继续翻着一个个的资料盒。

"小群,你看你把桌上弄得……"

"关你什么事!"路小群朝他瞪着眼。

"怎么不关我的事? 你是我的女朋友呀。"

"喂,邢开连,你有没有搞错,谁说我是你的女朋友了?"路小群眼瞪得更大了。

"你,你今天怎么啦?"邢开连迷惑不解,他不知路小群今天为什么要发这么大的火。

"我好好的,不关你的事。"她又继续整理着资料。

他望着她愣了一会儿,停了一下,换了个话题说:"小群,听说你要到新长公路监理组去?"

"去又怎样? 不去又怎样?"她头抬都没抬一下回敬着。

"我是说去那边不好,那边的人不可靠……"

"你说不好就不好了?"

"小群啊,我是为你好,劝你最好不要去那边。"

"我去不去与你无关。"她将资料盒摞在一起,对邢开连说,"到一边去,别站在这儿碍手碍脚的。"

邢开连是担心路小群到了新长公路监理组,与牛基实靠得近,接触的机会多了。牛基实的采石场就靠在新长公路边上,而且新长公路所用石料将要从牛基实那儿运。他本想来劝路小群不要去,他们继续在一起,没想到碰了一鼻子灰,见路小群火气挺大,也就知趣地出来了。

贺金苹接到路业清的电话,说晚上请她吃饭,理由是要感谢她为新长公路解决了一大难题。她问他哪些人参加。他又反问她要哪些人参加。她说:"你请客我怎么好说呢?"他说到时你就知道了。

她不清楚究竟有哪些人,她一时也拿不定主意是答应还是拒绝,犹豫再三问他还有别的事吗,他告诉她有个重要事和她商量。她想了一会儿,答应了他。她想利用这个机会把小群和小邢的事对他说一下,让他心里有个数。她马上问他:什么时间,在什么地方? 他告诉她在黄山酒家。

她挂掉电话,坐在办公桌前,脑子很乱,至于为什么,她自己也说不清。说实在的,她想见他又怕见到他,联想到他最近的一些情况和见他时常沉闷的心情,她又有点担心,怕他往事重提。如果是这样,她还真不知如何处理是好,特别是早几天他送她回家的样子……她就更慌了。她自己也怕他和她在一起时控制不住自己。她和他毕竟是大学里的老同学,也有过那么一段经历。这么多年了,封存的感情,难道他还会翻箱倒柜地再找回来? 不会吧,孩子都这么大了。尽管她对他的情感还是那么依恋,也希望有那么一天,但她知道这是不可能的。她相信他不是那种不负责任的人,她知道他们夫妻关系还是很好的,他的妻子也很贤惠……他路业清真是为新长路特意感谢我？如果不是,那又是什么事呢？会不会他们夫妻之间出了什么问题？想到这,她摇摇头,马上否定着。如果他们夫妻间有了什么问题,他不会流露,小群多少也会有些表现呀。可小群对她仍是贺阿姨长贺阿姨短的,根本就像没事一样,最近好像比以前更加热情了。她马上又想到小群和小邢的事,如果是两个小青年的事,那我正好想和他谈谈……贺金苹想来想去没有一个准确的理由,也理不出一个完整的头绪,只好自我安慰着,管他呢,晚上去了不就知道了。她依旧编排着她的工作计划,准备下班后再去找他。

下班了,贺金苹没有急着离开,她等到其他人员都走了才关上门,独自一人打的直奔黄山酒家。她刚到门口手机就响了,她拿出一看是他。他告诉她在二楼的紫竹厅。

她没有理会迎宾小姐的殷勤问候,径直上了二楼,找到紫竹厅。推开门,路业清正坐在圆桌边翻看着菜单。他头一抬见她推门进来,热情招呼道:"来了,正好,你看什么菜适合你的胃口。"

她把包往衣架上一挂:"随便吧,我也没什么爱好。"她环视一下,就问他:"还有哪些人?"

"没有啊,就你和我……"

"就你我?"

"怎么,你我两个不好吗?"

"你不怕……"

"怕什么？难道我们就不能在一起……"

"那要这个厅不是太浪费了吗?"

"放心,老板优待,不计费。"他告诉她,这黄山酒家的老板是他小学同学,两人关系特好。他每遇到难处,两人就聚在一起聊聊,散散心……

"是吗?"她有点不信,"我怎么从没听你说过有这样一位同学好友? 你们局里的定点饭店也没放在这儿呀。"

"贺主任,你就不知道了。我的这位同学还要我来照应他吗? 人家可是一个真正的大老板,一个完全靠自己努力起家的实干人物。你知道他现在有多少?"他故意让她猜猜。

她坐在他的对面:"一千万……"

"不对,大胆猜。"

"五千万……"

"不对,叫你大胆猜嘛。"

"一个亿吧……"

"你呀,猜不着了。"路业清竖起两个指头,"告诉你,至少这个数。"

"两个亿?"贺金苹大睁着眼。

"睁什么眼啊,我是说至少。"他马上又说,"人家的事我们不用去管他,点菜,我替你点了个红烧鲫鱼、糖醋带鱼和一个糖醋小排,下面就是你来点了。"她知道他是专为她而点的菜,真难为他还记得她就是喜欢糖醋的菜,也喜欢吃鱼。在学校时,他常说她是猫变的爱吃鱼,还说爱吃鱼的人聪明……

她把菜单推给他,说:"还是你点吧,有两个蔬菜也就行了。"他又接过菜单点了一个家常豆腐、一个丝瓜炒蛋和一组冷菜。

他又问她要什么酒。她说不喝酒,就喝开水。

他头一仰:"那怎么行,在公共场合我从来没说过你能喝酒,也从不逼你,每次看你喝一点点白酒装成那个样子我就想笑。今天没有外人,就你我两个相互知根知底,就不要隐瞒了。"

贺金苹见他执意要她喝,而且还是当年那样,便爽快地说:

"好吧,五粮液,怎样?"

"好。"他把菜单一合,拉开门招呼服务小姐,"先上冷菜,把酒拿来。"

贺金苹莞尔一笑:"好久好久没见你这样高兴了。"

"是吗?"他问,"你看我什么时候不高兴的?"

她点点头,"如果我没记错的话,已有几个月了,是不是?准确点应该是在新长路刚列入计划,你就……"

听她这一说,他非常感动,这就足以证明她心里还是有他的,她时刻都在关注着他,他的一言一行、一举一动、一说一笑都在她的眼里。他敷衍着她几句,心想人们常说女人的心细,观察事物特别是男女之间的事情最为敏感,这话真的不错,对面的贺金苹就是一例啊。

"你今天专门约我来,不仅仅是为了让我来陪你喝酒的吧?有什么事,你就照直说吧。"

"我……"他刚想说,门开了,服务小姐送来酒菜。他把一只玻璃杯递给她,自己留一只,"我们都倒满,谁也不欺负谁。"

服务小姐望了一眼贺金苹,见她丝毫不介意就咕嘟咕嘟地倒酒,两只杯子倒满了。路业清拿起酒瓶望了一下,还够一下,喝完再加。贺金苹微笑着望着他,心想,喝吧,看你路业清今天能喝多少。他挥挥手让服务小姐出去关上门,端起酒杯说:"好久没有这样了,来,今天喝个痛快。"

她没端酒杯,望着他:"你约我来到底是什么事?"

他举着杯子对她说:"喝酒,你不喝我不说。"

她端起酒杯一口下去三分之一。

"哎,慢点,一口菜还没吃就喝了这么多。"他笑着说,"你呀还是过去的那个可爱的样子。"

她夹起一块糖醋小排,望望又放下重新去夹海蜇皮。

"怎么啦?"他问道。

"这糖醋小排好像欠点火候。"

"哈哈——"他笑了,"这店还就是这道拿手好菜吸引回头客呢,你尝一块试试。"

贺金苹又夹了块糖醋小排,慢慢地嚼了嚼,说:"真不错。"

他俩边吃边聊,贺金苹见他高兴就提起了小群的事。她说:"最近小群和小邢可能有点误会,产生了一点矛盾,小邢昨天告诉我的。"

"啊——"他好像不太关心这个事,对她说年轻人好好坏坏吵吵闹闹是正常的,他们谈得好就谈,谈不到一起就算。

"小邢告诉我,说小群不想与小邢谈了。最近小群与牛基实接触频繁,经常在一起……"

她见他没有明确的态度,又说道:"小邢这孩子本质不坏,文凭高一点,理论知识强些,最大的毛病就是有点浮躁。小牛这小伙子人不错,为人踏实厚道。"她停了一下,"不过,这两个小伙子都不错,各有各的优点。"

"来,喝酒。"路业清举起杯,"年轻人的事随他们自己决定。金苹,我们今天不谈他们,能不能说说我们的事……"

"我们的事?"贺金苹一惊,脑子里又闪现出一连串的大问号,难道朱丽华与他真的闹矛盾了?我们之间的事过去这么多年了,他还想把过去的旧事重提?二十多年变化这么大,我们都有各自的小家庭,尽管我走了弯路,但我也不能为自己而去拆散你们呀……她不敢往下想,她见他端起酒杯一饮而尽,又抓着酒瓶准备倒酒……她急忙按住他的手:"路局,你喝得不少啦。"

"让我喝,松手。"他说着。

她夺过酒瓶,不让他再倒了。他抓住她的手:"金苹,你坐下,我们能不能再好好谈谈。"

"你说什么呀?"她有点紧张,连忙抽回手望着他,竟无话回答。

"金苹,你听我说。我们已过去大半辈子了,这后面的路程已经不多了。我想好了,我要找回过去,找回我失去的东西,哪怕这'乌纱'不要,这局长不当,我也……"

"业清,你别胡扯了。"她已冷静下来,劝说道,"过去的就过去了,现在丽华不是很好么。还有小群,你能让她也跟着伤心?"

他痛苦地摇摇头:"金苹,你不知道,朱丽华最近几个月,我也不知她得了哪门子神经病,经常同我吵个没完。她总是疑神疑鬼……"他刚想说我和你有什么关系,话到了嘴边又改口道:"每次她跟我吵时我总在想,要是你,你会这样吗? 你会这么不理解我、不体谅我吗?"

"她有病?"贺金苹望着他。

"金苹,说真的,我现在很苦恼。工作上吧,上面要求又高,整天东跑西颠,一到晚上都不想动弹一下。"他望着她,"可到了家又得不到一点点安慰和温暖,还得听她那没完没了的唠叨,甚至深更半夜还吵个不休。有时也想,算了,干干脆脆分开算了……"他乞求地望着她,"金苹,我不求别的,只想有个安稳的日子……"

"你们以前不是挺好的么,在我的印象中你们两个也很恩爱……"

"过去是这样,我这个人啊不会刻意追求,我们相互的关系还算可以。可最近一年多,特别是近几个月,她变得让我都不认识她了。"

"那你为什么不抽出点时间好好地同她谈谈。女人嘛,总归气量要小一点,不比男人们。"她拿起酒杯晃了晃杯中的酒,

"据我看,她是太在意你了才会这样的。"

"她在意我?"路业清不信地说,"那她还三番五次地提出要分手,这又是什么意思?"

"真的,业清,那是她怕失去你。"贺金苹劝道,"这方面我是过来之人,我的经历比你曲折得多……"

"不是这样的,她不是你想象的那样。"他乞求地望着她,"金苹答应我,我是真心的,真心的呀。如果有半点虚假,出门就让车给……"

"别这样。路局,有句话不知你听说过没有,叫做:走过路过,千万别错过,既然错过就让它错过吧。"她把杯中的酒一饮而尽,她心里也是波澜起伏,心想当初要不是因为父母,她和他可能就走到一起了,她也不会落到今天这个凄惨的结局。他望着她,她也是一副痛苦的样子,心里就像这杯中的酒,满是苦与涩。她抬起头望着他,说:"流失的时光是不可能追回来的,过去的就让它过去吧。"

他皱皱眉头:"金苹,你真的就不相信我了,就不能再给我一次机会?"

"业清,不是我不相信你。对于你这个人,我早就说过……"她正要往下说,服务小姐推门进来,她向小姐打招呼:"请结账。"她已清楚路业清的心事,怕在这儿继续待下去,自己也可能失去理智控制不住自己的情感。

"哦,对不起,我们老板交代过,你们不用结账。"说完服务小姐转身离去,随手又关上门。

"我不是告诉你了吗,这儿的老板是我小学的同学,他要我到这儿来吃饭,从来不收分文……"

"哎,路局,这样不好吧。"她提醒着他。

"不好? 这是他硬不要呀。我要是不来,他又有意见,说我看不起他,架子大,当官了就不理睬老同学了,话难听哪。其实,我来得也很少,一年到头也就是最多一两次,按他的话说,他还在乎这点点小钱?哪个地方稍稍省一点也不止这么多呀⋯⋯"

"那我走了。"她怕在这儿拖下去会动摇她的意志,怕在他的软磨硬扯下失去理智,拿起包就走。

"哎——"他见她出了包厢,赶忙也拿起包追了出去,"我送你。"

"不用了。"贺金苹头也不回地下楼去了。

他追到门口,她已上了一辆的士,她探出头朝他挥挥手:"回去吧,再见!"

他垂头丧气晃晃悠悠地回到家。刚进门,电话响了,朱丽华拿起电话:"喂,哦是小邢啊,我是朱阿姨⋯⋯好,你等着啊。"她把电话往旁边一搁,喊道:"小群,小群,小邢的电话⋯⋯"

路小群正在上网聊天,对朱丽华说:"老妈你就说我不在。"

"说你不在?我刚才还在喊你,人家不是说我在说谎吗⋯⋯"

"你就说我不接⋯⋯"小群动都没动一下。

"哎,你有什么大事,小邢的电话,你们这是怎么啦?"朱丽华走过去问女儿。

路业清拿起电话,喂:"小邢啊,小群她正忙着,你找她有什么事吗?要不,等会儿让她打给你,要是事不急明天再说,行吧⋯⋯"

"小群,你和小邢怎么啦,为什么不接他电话?"朱丽华站在女儿身后追问着。

"烦死啦!"路小群冲着她喊了起来。

"嘿,这死丫头今天又发了哪门子疯啊。"朱丽华嘟囔着,"你可别像你爸那样啊,不像话。"

"我爸怎么啦,老妈,你不要老是用你的老眼光来看待我们这一代人。我已长大了,有些事不用你来烦,我有我的主张……"

"真是有其父必有其女。"朱丽华又嘟囔一句,说着走出房间。路小群跟过来,"砰"地一下把房门关上了。

朱丽华回头一震,等她转身见路业清满面通红,连眼睛都红了,一股酒气。

"今天是招待客人还是私下约会?"朱丽华最近说话总让人受不了,"干脆你和她在一起算了,我也习惯了,不会责怪你们的。"

路业清今天如果没有喝酒,凭他的性格或许会理智地不与她计较,可他喝了半斤多白酒加上确实是与贺金苹约会,还遭到了贺金苹的无情拒绝,火气就不打一处冒出来。他一下站起来:"你,你这个女人啊,一点都不息事,整天无事找事,训斥这个训斥那个,不是这件事你看不惯就是那件事不中你的意,你想干什么? 挑明说好了。"

他这样一说,朱丽华又跳起来了,两个人你一言我一语进行了一场尖锐的唇枪舌剑。路小群起初跑出来劝说几句,后来见他们越吵越凶,她知道这是路业清一直受压后的大发作,干脆把门关起来让他们吵个够。这一吵使路业清和朱丽华都觉得他们的婚姻没有什么意义了,还不如早点分开。女儿在房间里见爸妈的矛盾越来越深,她也无能为力伤心地哭了,直到路业清推开房门发现女儿十分悲伤才安静下来,不理睬妻子的胡搅蛮缠,搂着女儿好言劝说着:"我的女儿,爸妈没事的,放心吧。"

星期天一早,路业清下楼,张建兵已将车开到了楼下等着。他刚要拉开车门准备上车,发现女儿匆匆地下来。

"小群,星期天你也加班?"路业清问。

"不,哦,对,是加班。"路小群心不在焉地答着。

"哼,不加班还想蒙骗老爸,说,到哪儿去?"他故意装作生气的样子。

"谁瞒你了? 我星期天出去一下还要向你请假,你比我老妈还要烦吗? 那好,你又到哪儿去,今天又没有会议,你为什么要出去?"路小群噘起嘴说。

"呵,你还要管起老爸来了……"

"不敢,只是好奇问问……"

"好了,开句玩笑。我女儿长大了老爸管不了啦。不过我告诉你哟,老爸是公务啊,前一阵开过会整顿运输市场我去查查。老爸的事光明磊落,你的事我也不想过问。"路业清说着钻进车里,对张建兵说,"我们走。"

"喂——"路小群喊着,可车子已发动了。她见老爸走了,也不骑车了,边走边拿出手机打电话,"喂,牛基实吗……你到哪儿啦……好,我到路口边的长江饭店门口等,就这样啊。"

她关上手机不到几分钟,一辆越野吉普开过来了。牛基实从车窗探出头:"喂,路监理上车吧。"

路小群一转头,见牛基实的车已开到身边,她赶忙过来拉开前门坐在牛基实的旁边。牛基实倒了下车,然后又驶上马路。

"你要到哪儿去,路监理?"牛基实问着。

"哎,你别一口一个路监理的叫好不好,人家没名啊?"路小群装作生气的样子。

车往前奔驶着。牛基实目不斜视地盯着前方,仍问道:"路小群同志,你准备到哪儿?"

"你这个人架子好大啊,我到你们的轧石场看看,行不?"

"你去那儿干啥?"

"我想看看你们是怎么干活的,顺便呀检查一下你们的石子质量怎样。"

"星期天也来查我们？"

"你这个死牛，人家不是在帮你嘛。"她斜了他一眼说，"你不是在我爸跟前保证过，今年要完成10万吨石子么……"

"是，我是保证过，怎么啦？"他望了她一眼。

"就是嘛，我看看能不能帮帮你，出出主意呀。"

"那谢谢了。"他们一路走一路说，车出了市区便是农田，稻秧青青，池水清清，绿树青青，到处是一派青枝绿叶。对于久居城市的人来说，星期天到郊外走走确实是件放松身心的好事。可是对于经常奔往郊外，整天与青山绿水打交道的人来说，这郊外景致对他们倒是没有一点吸引力的。路小群两眼望着前方，她不是想着两边的农田美景，而是想身旁的这头笨牛什么时候才能放下架子醒悟过来，明白她今天来的目的。

看他聚精会神开车的样子，着实有点好笑。其实他心里也在琢磨这位大小姐今天突然要看采石场，究竟是什么目的。尽管他昨天接到她的电话，他就没想通，以为是说着玩的。她嘴上一直在说看看轧石场的石子质量，是帮他。可她的心里究竟想什么，为什么要帮他，凭什么星期天不休息跑到荒山野岭……难道她对我……这一想法刚一冒出来，马上就否决了，不可能不可能，人家是局长的女儿，又是大学本科生，在事业单位工作，现在已经是助理工程师、监理，能看上你这号人？牛基实啊牛基实，你呀就死了那个心吧，癞蛤蟆还想吃天鹅肉？

车离开了大路，上了一条小道，车身便颠簸起来。"坐好了，这条路不好走啊。"他提醒着她。

她望了他一眼，觉得他越发可爱了。"还有多远呀，需要多长时间？"她明明知道还是故意在问他。

"哦，还远着呢。"他说着放慢车速尽量把车开稳点，"起码还得一个多小时。"

112

她不在乎路有多远,倒希望路更长些,好同他在一个车里摇晃着说说话聊聊天。"你每天都要这样颠簸来颠簸去,不烦吗?"

　　"我哪能天天回家呀?"他侧过脸望了她一眼,"一般一个星期回家一次,忙的时候差不多两个星期才回来一次。"

　　"哦,我知道了。"她笑着说,"那肯定是你的女朋友叫你回来时,你才回家,不叫你,你就不敢回家的吧。"

　　"女朋友?哈哈……"他笑起来,"路监理真会开玩笑,像我们这些人也能找到女朋友?风风雨雨日晒夜露泡在工地上,还有人看上我们?不过,你也应该是知道我们这些修桥铺路的,知道人家说我们什么的。"

　　"不清楚,说什么呀?"路小群好奇地问。

　　"说我们这些修桥铺路的,从后面看像个烧饭的,从前面看像个卖炭的……"

　　"怎么讲?"

　　"就是苦呗,整天在外面风吹雨打,太阳晒得黑呀。你说,有谁还能看中我们呢……"

　　"别开玩笑了,你这个大经理还没人追?要知道现在的人啊都很势利,尤其是那些女孩,她们看中的不是人不是事业,而是你手中的权和钞票。"她望着他。

　　"可这样的人,我一个也没遇着,什么也没遇着。再说了,我这个人既没权也没钱……"

　　"真的?"

　　"真的,不骗你,我要是骗你,我就是……"

　　"好了,同你开个玩笑,别当真,我相信你就是了。"路小群见他憨厚诚实,暗暗好笑。

　　他们又沉默了一会儿,他说到了。她抬头一看,展现在她面前的是一片开阔平坦的水泥地和一排简易的工棚。工棚里几台轧石机正在轰轰响响,石粉就像烟雾始终笼罩着那块。在工棚旁一堆堆的石块和已经轧好的石子……路小群看了一遍,问:"你们的生活区在哪儿?"

"生活区离这儿有一段路,就在山的背后。"牛基实向他解释着,"当初刚来时,这儿还是一片荒山坡,我从原来的施工单位调来三台推土机和一台碾路机,硬是花了个把月的时间把这小山坡给削平了,又浇筑了水泥地坪才变成现在的轧石场这个样子。"

她点点头:"看得出来你们是花了不少功夫。"她径直走向轧好的石子堆,他紧跟在后面像个随身的卫士。她抓起一把石子细细辨别,石子的质量很重,石质很好,是玄武岩,用在高速公路上完全可以。

"这石子一吨的成本就是 10 元呀。"牛基实说。

"那你卖出价多少?"

"现在也有几十元吧。"

"你不是赚了一老笔子么?"她望着他。

"你不能这么说呀。"他笑笑说,"你是知道的,我们在都河大桥买的石子是 45 元一吨呀……"

"那你这样算的话,今年是赚多了?"

"赚得再多也是你爸的。"

"我爸的?"

"当然了,赚与不赚,应该说都是交通的。"他停了一下说,"如果不赚钱,路局长怎么会不要市里和长山乡的投资,只要这两座石头山就修建新长公路呢。"

"牛总,我给你提个建议,怎样?"路小群对他说。

牛基实经一路的观察,发现路小群并不是他想象中的那种

114

大小姐，也没有那种领导干部子女盛气凌人的架子，在他面前还是十分亲近的。原先对她只是敬而远之，她要办什么事就是应付她算了。在他心里她不仅是路局长的女儿，还是工程建设中的监理。她每次找他，他总是唯唯诺诺，即使不高兴也装作愿意。可现在他对她的印象全变了，过去那种误解一扫而光。他说："你说吧，什么好建议？只要对我们有利，我就毫不犹豫地办。"

"我建议你，要再增加投入，增添设备，加工更细小的石子，像瓜子片呀。"她又摆出了一大堆理由，"你想啊，你现在的石子是用在路基的二层灰石上的多，拌和沥青路面的石子不是更贵么，市场也很紧俏。我们新江市交通基础设施建设还比较落后，需要的石料相当可观。你弄好了不怕没有市场，再说你是交通局下属的交通投资发展有限公司，肯定会有大发展的。"

"嘿，看不出，局长的女儿也像局长啊。说起话来，跟局长一个腔调。"牛基实笑着说，"对交通的宏观形势和微观发展都有一定的主见……"

"喂，不许你提我爸。我可不想沾他什么好处，也不想靠他什么。"路小群调过头瞪着他。

"好，有骨气。"牛基实对她更加钦佩，心想我以前怎么没看出这个女监理还这么硬气，满意地说，"我就佩服像你这样的干部子女，看不起那些依仗父母权势欺压别人的人。"他走了几步又说："小群，你的建议我觉得很好。不过，我一个人不能随随便便做主，让我考虑考虑开个会研究研究，大家同意再打个报告给路局长，请他审查批准才行。"

"怎么不行？我看完全有必要。"她的态度十分坚决。

牛基实一看表，说："这样吧，你提的这事我肯定会认真考虑的。小群，现在时间不早了，到我们的食堂看看，有兴趣就在这儿与大伙一起吃顿午餐,怎样?"

"好啊,走吧。"路小群来了兴致。

他俩沿着一条石子小路向山后走去,牛基实指着石子路说:"这是二十天前才开出来的。不过,现在还是石子路,等到明年我们有了一点积蓄准备把它浇上水泥路,到那时就更好走了。"

路小群边走边看着满坡的野花,忽然她停住脚步扯扯牛基实,指着前面的草丛,一只灰色的野兔正在啃着青草……

"野兔。"他小声告诉她。

她哈起腰,轻手轻脚想接近它,可刚走两步,突然跳起来尖声叫着奔过来,一下抱住牛基实,小皮包也扔得老远,两只脚跷得老高……

起初,牛基实不知发生了什么事,着实给吓了一大跳。等他定睛一看,原来是条蛇,这才明白。他轻轻放下她,拍拍她的后背:"不怕不怕,是条蛇呀。"

当她意识到自己太突然太冒失时,不好意思地转过脸:"人家从小就怕蛇嘛,你也别笑话了。"

"好了。"他替她捡回小皮包,又掏出自己的手帕递给她。

刚才的惊心动魄,使他和她都感到十分突然也非常尴尬。他自记事以来就只有母亲一个女人抱过他,她是抱他的第二个女性,顿时面红耳赤,好在他的皮肤较黑看不出来。她也是一样,在她的记忆里,除了父亲,没有第二个男性抱过她,他是抱她的第二个男人。记得邢开连几次想抱她亲吻,她都无情地给挡了回去,要他注意点,这种行为她不习惯。当然,有她的警告,他也不敢冒犯。今天遇到这种事,她顿时满面通红,白嫩的肌肤显得格外艳丽。

他定了定神,推推她:"走吧。"此刻,她的心脏还在咚咚直跳。她转过身,嗔怪地骂了句:"这该死的蛇。"

他见她十分讨厌蛇,便说:"你恨它,我就把它打死,剥皮,用它的肉炖汤给你喝,这可是极好的补品啊。另外,还好用蛇皮做把二胡,送人。"

"别,别,不许你打,把它放生。要保护生态,保护环境嘛。"

"它刚才把你吓成那样,你还要放掉它?"

"怕它与放它是两回事嘛。"接着她又问他,"你会拉二胡?"

"不会,没学过。"他伸过手向她要回自己的手帕。她却又擦了一下额头,说,"你这手帕还洒了香水?是女人用的吧,不给……"说着哈哈地笑起来。

他也不与她争辩,心想不给就不给吧,不就是一块小手帕嘛……

十

一大早,路业清在运管处副主任冯喜奎的陪同下对长顺县和新城区的公路客运进行了检查。每查到一辆超载违章的车辆,他都要把驾驶员叫到跟前晓之以理、动之以情地耐心说服教育,说明运输工作的重要,交通安全维系人民群众的生命财产。在对驾驶员进行教育后,又上车对旅客进行安全宣传,并要求大家共同抵制违章超载现象。

整整一上午,他都在与中巴车、小客车、大客车和货车打交道。中午 12 时了,冯喜奎把路局长拖到路边的小饭店吃了顿快餐。

路业清看到运管处的稽查人员个个都很疲倦,就对冯喜奎说:"大家都很累了,今天又是星期天,下午就休息吧。不过运输市场的整顿一定要抓紧抓好抓出成效。尽管目前形势有了很大好转,那种无序的抢客甩客竞争和超载有了很大改变,但也不能松劲马虎。个别的驾驶员和车主蛮横冷漠依然存在。我们一定要把这种现象扭过来,我就不信,我们凭借交通的法规和交通的手段,整治不好交通运输秩序。那些只顾赚钱拿人民群众生命当儿戏的人,一定要被整治。你们的工作成效就是对局党委决定的最好的验证,反正我的决心已下了,你们要坚定不移地支持局里的工作啊。说实在的,这也是你们的本职工作呀。"

　　"放心,路局,我们一定尽全力查处那些不按章办事的违章超载车辆,力争今年运输中的不良现象有个大的改观。"冯喜奎向他保证着。其他五名稽查人员听说下午休息,高兴地说:"太好了,一个星期终于还有半天属于自己的了。"

　　路业清离开运管处的稽查队,就要张建兵将车开到新长二级公路的 A 标项目部,他要了解工程进展情况。

　　车子颠簸了 40 分钟,来到一个临时搭建的工棚,还未等车停稳路业清就打开车门一只脚跨了出去。他看了一下这临时搭建的项目部,四周用砖石垒起的院墙,对面两排的工棚足有 20 余间,后面正在搭设的一排工棚看样子是职工宿舍,已开始架设玻璃钢瓦。一条大狼狗用铁链锁在门边,院中的场地足有半亩地大小。见有生人进来,狼狗便"汪汪"地狂吠起来。

　　路业清正往经理室走去,这时从会议室出来一个中年男子,马上向路业清打招呼:"路局,今天是星期天,您怎么不休息检查工地来了。"

　　"哦,星期天有空闲呀,来看看你们。"路业清出于对施工人员的敬重,见到他们始终温和地笑着说,"秦经理,你今天值班吗?"

秦治水把路业清领进会议室,边给他倒水边说,"上午项目部开了个会,把近期工作安排了一下。午饭后,其他领导都回去了,我留下值班。"

"哦。"路业清望望墙上的线路图,"怎么样,有什么困难吗?"

"路局,您来了,我就顺便汇报吧。"秦治水坐在路业清的对面,上午的办公会开得比较顺利,开工投入的机械设备看来没有问题,征地拆迁工作总体还是好的,就是王家山有三户人家工作可能难度大点。这三户其实也是一家,老头王伯能想不通。也难怪人家,老头在这儿住了 60 多年了,由茅草棚到小瓦房。前年又把小瓦房给重新翻建了一下,小日子刚有起色,现在要他搬家,思想一下子转不过来,我们也理解他……"

"哦,是这样。"路业清问,"你们向指挥部汇报没有啊?"

"汇报了。"秦治水说,"指挥部明天再去找找王伯能做做工作。问题关键在王伯能身上,只要老头想通了,他的两个儿子也没问题。"

路业清望着墙上的线路图,询问已经有几个点开始作业施工了,秦治水来到地图边用手指着图给他介绍。

路业清又问了其他几个事,就告辞出来。走到门口,他指指围墙对秦治水说:"这儿是你们征用的临时用地啊。这些基础不要搞得太深太厚实了,包括你们的办公用房和宿舍,要想到工程结束还得清除复垦哪。千万不能工程结束你们扔下几个钱,腿一抬就走人,干一处工程浪费一块土地。你们说说,你们要是走了,让老百姓怎么复垦? 他们既没有机械又没有足够的壮劳力,到头来还不是荒废了。"他拍拍秦治水的肩头:"土地资源有限啊,不能随意浪费了,要给我们的子孙多留点土地资源。"

秦治水点头说:"路局您放心,我们保证走时让群众满意,让领导满意。"

路业清又回过头开玩笑地说:"你呀应该叫秦建路,治水不是你的内行啊。"

秦治水明白路业清同他开玩笑的意思,马上说:"路修好了我就去治水,兴修水利,治理河道,事情多得很,看来我这辈子是不会失业的了。"

"好,你好好地干吧。我今天只是路过,下次来好好地看看大伙。"路业清说着钻进车里。

张建兵将车开出院子问他去哪儿,他让他继续向前,去王家山。

"王家山到不了呀。"张建兵说。

"这样吧,能到哪儿就到哪儿,不行就下车走吧。"路业清回头又望望项目部的这些工棚,他心里还在担心工程结束后能不能复垦的事。

车行驶了一会儿就没有什么路了,几乎是在茅草路上行驶,车速很慢,路业清一直注视着两边的农田和山地。低凹地多是水田,田里的稻秧青青正在发棵,长势还好;山地里的玉米苗只有尺把高,有的人家还在玉米地里套种着西瓜,瓜秧正在放藤;棉花地多数是小麦地套种的。只有山芋地是全部翻新重来的,刚插下的山芋苗还未醒过神来……忽然,他发现山坡上有几个人在忙着栽山芋。他让张建兵把车就停在路边,他上去问问。

他下了车,张建兵也下车随他一同上去。这是一块半坡的山地,一位七十来岁的老头,一位中年男子,看样子是老头的儿子,还有位妇女,正在地里忙活着。路业清上前问:"大叔,你们在栽山芋啊?"

老头直起腰,望望他们:"你们是……"

"我们想去王家山,请问路好走吗?"路业清说着来到老头跟前。

老头又望望他们和下面的小车,疑惑地试探着问:"你们是城里的大官?"

"嘿,大叔,您老拿我开心了,我哪是什么大官呀。我要是大官,那城里的大官就数不清了。"说着他麻利地拿起一把山芋苗帮着栽起来。

见他熟练地放苗拨土,一棵一棵同他们一样的栽法,老头问:"你们坐着小车的人还不是大官?"

路业清边栽边说:"坐小车的也有工作人员嘛,比如我就是。"

"哦,你客气了。"老头见他黑色皮鞋踩在松软的泥土里,说,"同志,你歇会儿吧,别把衣服和鞋子弄脏了。"

"没关系,我在家时每年都要栽好几亩的山芋呢。"路业清头都没抬,不一会儿已离老头有几米远了。

"看你这样子是种过田的。"老头见有人帮他,干脆歇了会儿,点上烟抽起来。他又走到路业清面前,递上烟:"同志,抽支烟……"

"哦,对不起,我不会抽。"路业清笑着答道。等到路业清一把山芋苗栽完,中年男子挑了一担水上来,那妇女就给一棵一棵的山芋浇水。

"这两位是?"路业清指着他们问老头。

"哦,这是我家的老二。"又指着妇女说,"这是我的小女儿,她今天特地回来帮我栽山芋的。"

"难怪她很像您哪。"路业清对老头说,"原来是您的女儿,女儿像父亲有福气呀。"说着几个人都笑了,他接着又说:"我也有个女儿,就是太调皮了。"

"哦,你就一个?"老头问。

"就一个,独生女。"路业清回答得十分轻松。

"一个好,一个好,多了负担重啊。"老头又开始栽起山芋来。

"大叔,我想问一下,王伯能大叔住哪儿?"

"你们是?"老头怀疑地问。

"我们是市交通局的……"

"这是我们的路局长。"张建兵插上来介绍着。

"路局长?"老头又望望他,心想这路局长也是农村人?老头直起腰,"你找他有事?"

"嗯,我找他有一个事。"路业清又去拿来一把山芋苗,"听说这次修路要动他家的房子,我想问问有什么困难和问题,有没有需要我们帮助解决的。"

"哈,你们找对了。"老头笑起来,"我就是王伯能啊。"

路业清也直起腰又看了看老头:"您就是?那太巧了。我正想同您老商量商量,你们拆迁还有什么困难,需要我们做什么事,您老尽管提出来。我们能解决的一定解决,实在不行的向您老说明情况……"

"路局长,说心里话,我住这儿一辈子了,都快入土的人了还得挪窝,有点舍不得呀。"提到拆迁,老头有点伤感了,歇了会儿又说,"话又讲回来,国家也是为我们山里人好,修这条路全是为了山里的建设对吧。现在国家要建设,要我们拆迁也是应该的,就是说拆就拆,我住哪儿?这一时半会儿的解决不了。还有啊,我这房前屋后这么多的果树,竹园……"

"放心,大叔。"路业清见王伯能对拆迁的情况还不了解,就主动介绍这次拆迁的有关补助政策,"房屋包括附属的柴房和

122

牲畜棚圈,都按政策按面积计算给予资金补助。房前屋后的果木论棵计算,竹园按面积大小,均给予补偿。拆迁后的宅基地由村里负责解决……"

"真的吗?"老头不相信地又问了一遍。

"大叔,我能骗您?"路业清望着王伯能说,"具体的计算工作明天派人来同您谈,行不行? 谈好了您老签个字,谈不好您老就不签字。您老有什么想不通的可以找我们谈,您看这样行吗?"

"行。"老头又补充着,"路局长,如果他们来了说话不算数怎么办,我就去找你,行吗?"

"一句话,我保证欢迎您。您要来找我,让他们带个信。这样吧,还是我来看您老人家。"路业清说得很热情。

"有你这话我就放心了。路局长,你也放心,我一个山里的老头也知道你忙,一般不会去打搅你。"老头刚栽完两棵山芋,停下来说,"要不现在到我家坐坐,不远,就在前面。"

路业清已栽到地头了:"谢谢您老,我们下次再来吧。"

"今天难得,我马上回去叫老太婆杀只鸡,你难得进山来,我们碰上两盅。"说完就对儿子说,"东才啊,晴梅,我领路局长先回去,你们一会儿也早点回来吧。"

"真的不了,大叔,我们还得赶回去有事,改日再来拜访您。"路业清说,"要不下半年等您老收了山芋,我和张师傅一起来吃山芋,怎样?"

"你真的有事? 要是真有事我也不敢耽误你的公事,你们吃公家的饭,也不容易,不像我们自由自在。"王伯能对路业清说,"这样吧,下次来一定到家里坐坐。等我收了山芋,你可一定要来呵,你要是不来我可要给你送过去的啊……"

"谢谢!"路业清上前握着王伯能的手,"下次一定来看您……"

王伯能望着路业清下山离去的背影，心想还是这局长体察山里人，现在共产党里头还是好人多啊。

　　路业清离开王家山就直接回家了，当他到家时，已是下午五点半了。他开门进屋，朱丽华在陪着邢开连说话。

　　"路局，您回来了。"邢开连站起来礼貌地打招呼。

　　"你回来了，小群呢？"朱丽华问，"早上她不是同你一前一后出门的吗？"

　　"哦，小邢你坐吧。"路业清马上反应过来，邢开连是为小群的事来的，接过来就说，"小群在后面，一会儿就回来。"

　　路业清靠近邢开连坐下："最近怎么样，我有一段时间没到你们那儿去了，那边还忙吧？"

　　"还好，工作节奏不太紧……"

　　"哦。"路业清松了口气，"那就抽空学习学习，必要时也撰写点东西。"

　　"对。"邢开连说，"最近我正在攻英语。在学校时我的6级未能通过，争取今年考出来……"

　　"好，有思想。现在改革开放正往深处发展，以后与外国人打交道的多，外语一定少不了。"路业清颇有体会地说，"趁年轻时多学点知识有好处，不能到老了想学也来不及了，像我这样就不行了。"

　　"小邢就是好学，志向也大。"朱丽华插上来说。

　　路业清见妻子插这么一句很不是滋味，皱皱眉头没好说什么。正当他们说话时，路小群开门进来了。

　　"小群。"朱丽华喊道，"小邢来了。"

　　路小群定睛一看，邢开连正坐在爸爸旁边，她立马晴转多云到阴："你来干什么？"说着她就回到自己的房间，然后将门一关。

　　"小群!"朱丽华仍不知趣地追着喊道,"小群……"

　　邢开连没想到路小群在她的父母面前就给自己难看,但又不好多说,只好知趣地站起来说:"路局,朱阿姨,我来了有一会儿了,该回去了。"

　　朱丽华还想挽留,要他再坐会儿,吃过晚饭再走。

　　路业清已站起来准备送客了。

　　邢开连见路业清没有挽留的意思,主动说:"不了,回去还有点事。"转身准备出门。朱丽华又忙喊:"小群,小群,小邢要走了……"

　　路小群在房间里理也不理。邢开连只好同路业清和朱丽华打招呼。

　　邢开连刚走,朱丽华就急急地敲女儿的房门:"小群,路小群,你开门!"

　　"干吗?"小群打开门出来,"老妈又要闹什么?"

　　"老妈闹什么,啊?"朱丽华瞪起一双杏眼,"你今天干什么了? 人家小邢高高兴兴地来看你,你是什么态度,啊?"

　　"老妈,你说我什么态度? 对他这种人就是要这样……"路小群不服气地说。

　　"小群,过来。"路业清见女儿态度不对劲,就喊她。路小群坐到父亲旁边,看样子准备接受一顿教训。"不是老爸说你,你今天的表现很不好啊,让人家下不了台呀。不管怎么说,人家是到我们家来,总得给人留点面子吧。"

　　"好的,下次不这样了,老爸。"小群向爸爸做了个鬼脸,又挤了挤眼。

　　"下次不了……"朱丽华很不高兴地说,"人家小邢哪点不好,啊? 你不要把社会上的陋习也学会了,变得人不人鬼不鬼的。你说,是不是对小邢有意见,是不是看上了那个小工人,包工头牛基实了……"朱丽华像放鞭炮似的噼噼啪啪放了一通。

"老妈说话不要那么难听,什么包工头,是邢开连说的?好了,我今天不想跟你吵架。"路小群也提高了声调,"你听谁说的我跟牛基实好?肯定是邢开连?要是他跟你说的,说明他就不是个男子汉,鸡肚狗肠的。"

"你先别问我听谁说的,我问你有没有这回事。"朱丽华狠狠地说,"告诉你路小群,那个小工人小黑皮,我不同意!"

"什么小工人小黑皮。"路小群的自尊心受到了侵犯,她不依地说,"你不同意是你的事,谈不谈是我的事……"

"你……"朱丽华气得一下噎住了。

"哎,丽华,我看这事啊,你我都做不了主。"路业清对朱丽华说,"女儿这么大了,她谈什么人喜欢谁爱谁,做父母的就不要再去横加干涉了。父母只能给予关心,及时地提醒就行了。"

"对嘛,还是老爸开明。"小群靠在父亲身上,把脸埋进爸爸的怀里。

"路业清啊路业清,路小群就是被你给宠坏了。"朱丽华气愤地说,"真是气死我了。"说完扭头进了厨房。

小群搂着爸爸,指指母亲:"看,老封建。"

"你别这样说你妈,她也是为你好。"路业清推开女儿,问,"今天到哪儿去了,是不是去找牛基实了?"

"爸。"小群又搂着父亲,"你知道了还问。"她停了一下,坐起来:"爸,问你一个事,你们是不是登出个公告,对违章超载的车辆举报有奖呀。要是真有,我现在就举报,下午我坐牛基实的车回来,一辆中巴车行驶得好好的,见有人招手竟突然停车,害得跟在后面的小牛差点撞上去。这辆车真气人,他违章停车好像还有理,还同别人吵架……"

126

"你同人家争吵了?"

"我倒没吱声,小牛实在气不过,要他们注意后面的车。他们竟然反问小牛会不会开车,你说气人不气人?"

"这有什么好气的呢,有些人就是这样不讲理。"路业清问道,"在哪儿,车牌号记得吗?"

"这……"路小群一时给问蒙了,"路段我倒知道,车牌号没记。"

"车牌号没记处罚谁呀? 亏你还是个大学生呢,这点道理都不懂。"路业清白了女儿一眼,见女儿噘起小嘴又问道,"你同牛基实今天去哪儿了?"

"我去看他的采石场和那个轧石场呀。"

"哦,你去那儿干什么? 他们现在干得怎么样?"

"老爸,告诉你吧,我去主要是帮他出些主意,看看怎样才能完成今年的轧石任务呀。"

"你看他们今年能行吗?"

"看他们那个拼命的样子,10万吨我估计没问题吧……"

"今年他能完成10万吨,我就奖励他10万……"

"你们就知道钱。"路小群不高兴地说,"奖他10万元也不一定高兴啊。"

"那奖他什么他才会高兴,你说说看。"路业清望着女儿有点不解,稍许一会,马上开玩笑地说,"我总不能把我的宝贝独生女儿奖给人家吧……"

"爸。"小群扑到他怀里撒起娇来,"你越说越离谱了。"

"放心。"路业清拍拍女儿,"我就这么一个女儿,不会随便送人的。不过你自己也要想想好,把握好,婚姻大事不是开玩笑的啊,老爸虽然不干涉你的婚姻,但你总不能太草率了啊。小邢今天来,你见都不见,要处理好这事啊!"

路小群想起今天受到惊吓时,她竟然紧紧抱着牛基实时,情不自禁地笑了。

"笑什么?"路业清两手捧着女儿的脸蛋,"你呀,你的心思还瞒着我? 我是你老爸……"

"知道,真是知我者,老爸也……"

"路业清,凭良心说女儿都是被你给教坏了。"朱丽华冲着丈夫喊道,"你看看现在成了什么样子了。"

"哼。"路小群朝朱丽华瞪了一眼,站起身跑进自己的房间。

"你看……"路业清本想说妻子几句,可话到了嘴边又咽了回去,他想还是不说的好,免得她又不依不饶的。

"我怎么啦?"朱丽华不服地说,"自己就那个德性,不把女儿教坏才怪呢。"

"喂,朱丽华,我今天真的不想和你吵架啊。"路业清瞪着她,"你要知道我是你的丈夫,我也有我的自尊。我每天都要看着你的脸色,听着你那没完没了的抱怨。你说说看我够不够,够不够呀。有些事千万别做绝,话也别说绝了,物极必反,你懂吗?"路业清真的不耐烦了,一边冲妻子发火,一边走进自己的房间。

"哟,我把事做绝把话说绝了?"

路业清没再理她,砰地把房门关上了。

在她的记忆里,路业清还从没有对她这样发过火,愤怒过,今天见他突然发这样大的火,她反而被震慑住了,一时没了主意,愣愣地站在那儿。

女儿听到父亲的发怒,拉开房门望着他们。她看到父亲自己走进房间,忍不住地说道:"老妈,不是我说你,你这个人,我也不知怎么这样了,越来越狭隘,越来越自私,越来越妒忌别人……"

"你……"女儿这种指责朱丽华怎么也接受不了,气得脸都变色了,吼着,"我是你妈,还用得着你来教训我?"

小群见老妈愤怒得要扑向她，吓得赶紧关上门不理睬他们……

十一

朱丽华查完病房将每位病人的医嘱记好交给护士，按理她这时可以轻松一下了，可她脑子里总是出现女儿小群说她狭隘、自私、妒忌的声音……自昨晚与丈夫和女儿发生争执后，她就不断地问自己，我真的有那么狭隘、自私吗？真的是在妒忌别人吗？过去怎么没有这种情况，现在怎么会这样呢？她反复地问自己，可又没有一个明确的答案。路业清昨天发火，气得满脸通红，这是她与他结婚26年来见到的第一次。女儿都大学毕业走上工作岗位，也开始谈恋爱了，这么多年他从来都没有这样过，现在发了这么大的火，难道真的是自己错了……她一会儿坐在办公桌前走神，一会儿又走到窗前对着外面发呆。有位病人出院，家属来跟她打招呼，她也不知是谁，只随口说了声"再见"。其实，每次病人出院向她道别她都不用"再见"这个词，总是亲切地关照"您走好"。在她看来，"再见"就是下次还要来这儿见面，不吉利。当然，也有一些病人也忌讳"再见"这一说法。她从不这样对病人说的，今天真是心不在焉，所以才说漏了嘴。等她回过神来时，病人家属已跨出医师办公室。她想赶上去送送那病人，桌上电话响了起来，她回过身拿起电话：

"喂，我是朱丽华。"她听到对方的声音很熟悉，就是一时想不起是谁,忙应着:"不错我是朱丽华,你有事吗？哦……请我喝茶？晚上有没有空？有啊……在哪儿？你是谁呀？声音很熟悉就是一时想不起来。对不起,刚才忙了一阵,总觉得你是很熟悉的人。喂,在哪儿？"

对方一直没有告诉她是谁,马上告诉她:"晚上在天天聊茶社的荷花厅,不见不散啊……"

"好的。喂,喂,你到底是谁呀……"她还没得到对方的答复,那边的电话就挂掉了。

她放下电话一直在琢磨打电话的人究竟是谁。有一点可以肯定,是老熟人,听对方的口气十分诚恳。有点像贺金苹,但她马上又否定掉,怎么可能呢。贺金苹敢打电话约自己,那不是自讨没趣吗？她实在想不出是谁,最终自我安慰:管她是谁呢,去了不就知道了,现在何必烦这个神呢。

天天聊茶社离朱丽华居住的小区并不太远,出门拐两个弯就到了。她吃过晚饭,看看约定的时间差不多了就关门赴约。好在丈夫和女儿大多数时候不回来吃饭,家里常是她一个人就餐,随便吃点,也不需要多复杂。她关好门径自朝天天聊茶社走去。

她来到天天聊茶社门口,茶社虽不在热闹的大街上,稍稍偏静点,但来这儿的人还是不少的。天天聊茶社的匾额悬挂在大门的上方,清新秀丽的楷书将店名刻在褐色的木块上,翠绿的字体仿佛碧绿的茶叶漂染而成。两只大红灯笼悬挂在大门的两旁,大门两边的墙壁是用绿色釉面砖粘贴而成的。

朱丽华站在门口抬头望着茶社,心想我从这条街经过多次,怎么没发现这儿有这么一家雅静的茶社？一进门,一缕纱纱的轻音乐把她带进了一个温馨幽雅而又浪漫的世界,不太明亮的灯光给这茶屋蒙上了一层轻柔的面纱,星星小灯缠绕在厅内的大树上,不停地闪烁着,仿佛在向人们俏皮地挤着眼睛……平心而论,她还是第一次走进这家茶社,以往她总是在家看看电视等候着丈夫和女儿,也可以说,她是个地地道道守护着家的妇人。面对此情此景,她真是感慨万千,落伍了,真的落伍了,赶不上时代新潮了,难怪自己和女儿经常谈不到一块儿。现在的人啊,真会想着法子享受,也会享受,你看花这个钱到这儿来就是为了喝个茶。其实喝茶哪儿不行?自己家里的茶不一定比这儿低档,今天要不是给朋友的面子,我才不会到这儿来呢……她慢慢欣赏着,不时地从一对对男女身边侧过去……他,自己的丈夫,路业清是不是也经常到这儿来约会啊?她慢慢地走着,想着,寻找着荷花厅。

荷花厅不大,设在茶社最不显眼的一角,厅门口的墙壁上是一池荷花和几幅荷花图,那盛开的荷花就像少女的笑脸,含苞待放的花蕾更加可爱。她站在荷花图面前稍稍停留,探头朝里面一望,不觉大吃一惊,贺金苹!她刚要退回去,可贺金苹已经看见她了,正热情地招呼着:

"丽华,你来了,我正等着你呢。"

她本想转身就走,又一想自己就这样走掉,不是太没面子太掉价了么。我又没做亏心事,干吗怕她,人家抢你的老公都不怕,你自己倒怕起别人来了。她既然有胆量把我约来,我倒要看看她有什么坏水流出来,只有知道人家的想法才能设法堵住呀。我不走她还能把我吃了不成,怕什么呢。她不屑一顾地几步跨到里面,把小包往桌上重重一放。这小厅里只有一张桌子,桌子两边各两把椅子,桌上两只杯子和一只已泡上茶的茶壶。她坐下,面对着贺金苹。她想问贺金苹是不是经常同路业清在这儿约会聊天,可她忍住了,觉得现在就这样发起进攻还有点早,她要看看对手究竟想玩什么鬼把戏。

贺金苹没有计较朱丽华对自己不恭的态度,相反从朱丽华对她的态度上进一步证明朱丽华对她有很深的误解。她的心在隐隐作痛,我不就是个离了婚的女人么,凭什么离了婚的女人就容易被人看不起和误会呢? 她仍替她倒上茶,客气地说:"来,丽华喝茶,请原谅我没有告诉你,是我请你,主要是怕你不来……"贺金苹自己端起茶杯喝了口茶,又轻轻放下茶杯:"看得出来,你对我还有不小的误会。"她把误会说得很重,主要是想引起她的注意。

"误会,什么误会?"朱丽华坐在那儿动都没动弹一下,用蔑视的眼光望着对方说,"不会有什么误会的。"

贺金苹点点头,轻轻地说:"丽华你也别不承认,我们都是女人,女人之间就应该相互尊重相互理解,把话说清楚,免得见了面跟仇人似的……"

"你想说什么?"朱丽华带着敌意,摆出一副吵架的架势。

"丽华,你别这样,别用这种眼光看着我好吗? 我今天约你来是劝你……"

"劝我离婚? 把路业清让给你?"

贺金苹听朱丽华这样误会自己,气得心口有点作痛,真想同她大吵一架,但回头一想,吵架不但达不到目的,反而会把事情弄糟,于是仍然心平气和地说:"你呀,丽华你想得太多了,也把别人想得太坏了。"贺金苹端起茶杯喝了口茶让自己冷静下来:"我今天约你来不是同你吵架的,如果吵架,在什么地方、什么时间都能吵……"

"我知道,你是想让我知趣点,主动退出……"

"如果像你说的那样,我还来劝你,和你谈干什么?"尽管被她每句话都刺得心里在滴血,但仍然面带微笑地望着她,"我要是这样想,还来劝你干什么？今天我只想劝你要把握好自己,珍惜自己幸福美满的家庭,不要做出过分的事来。每个人都有自尊,特别是男人的自尊心更重。听说,你经常同路局长莫明其妙地争吵……"

"谁说的？是路业清向你诉苦的？"

贺金苹摇摇头:"你呀有这种想法就不好了,太多疑了。你不想想,路业清会把这种事情告诉我？他不觉得有伤自尊么？再说他真的告诉我,我还会找你谈,主动来劝你？"

"是小群？"朱丽华心想,这死丫头竟然把家里爸妈争吵的事告诉她。

贺金苹点点头,望着她肯定地说:"是小群,她不忍心你们这个家出现裂痕,也不希望她失去爸爸或妈妈,让我来劝劝你。"

"算了吧,你骗谁呀。你以为编出这个故事来我就信你了？谁不知道你和路业清在大学里就相恋了,由于阴差阳错才没有结为夫妇。现在好了,你离了,横隔在你们之间的这个障碍已经不存在了,还有一个障碍,那就是我。如果我也消失,一切问题都解决了……"

"好了,朱丽华。"贺金苹见朱丽华实在有点不近人情,一时又激动起来,几乎要发火了。她停了一会儿,冷静下来坦率地说:"你说得一点也不错,我和路业清是大学里的同学,也曾谈过,但我们之间很纯洁,这一点你应该相信我们的人格,我贺金苹也不是那种轻率之人。至于后来分手,原因有两个:一个是他自卑,自认为出生在山里,与我家不般配;另一个就是我父母的阻拦,我现在想想很后悔,当初没有很好地把握,以至造成我现在这个局面。所以,我错过了机会,希望你千万不要丧失,千万要珍惜已得到的幸福。你想听听我们过去已经封存的那段我不想再提的历史吗,如果你想听听,今天我就如实告诉你……"

"你说吧。"

"好,我就一点点地告诉你……"

大学毕业时,她一再劝说他跟她去武汉工作。起初他坚决不肯,后来他说他没有理由和条件去武汉,并提出如果她有办法在武汉替他安排好他的工作,他也愿意同她一道去武汉。

她当然没办法,只能求父母帮忙,没想到父母竟也答应了。她高兴极了,连忙把这事告诉了他。他听后只是摇头,不信她的父母会帮他。

在她接到武汉一家交通部门的通知时,她就去学生处查找路业清的工作分配。谁知武汉根本就没有安排他的工作,是学校见路业清没有分配去向,就将他分配到新江市交通局工作。就在这时,她接到母亲的来信,母亲告诉她,路业清的工作人家不同意安排,还说父亲生病正躺在床上要她尽快回去。就这样她和他被分开了。

她回到武汉,起初还经常给他写信,但却从来收不到他的回信。后来他们的同学任保和告诉她,路业清已在医院里找了位医生结了婚。她得知这一消息后十分难过,足有一个月没有理睬父母。她的父母了解这一情况后,为她介绍了一位部队干部,大约一年后他们结了婚。婚后她并没有感受到婚姻的幸福,尽管丈夫对她还是不错的,但她总感到有些缺憾。直到有了军军,她才把心思放在这个小家庭上,对丈夫和儿子关心起来。

1993 年,丈夫转业到武汉市外贸局下属的一家公司工作。由于担任公司的领导,他经常有应酬,回家的时间越来越少。她任劳任怨地在干好自己工作的同时,全身心地照顾小家庭。军军的学习都是她一手辅导,生活上也是由她一手照应。

1995 年,父亲从副军职位上退下来,安置在新江市的部队干休所。父母来到新江,年纪大了身边没有子女照应不行,于是她同丈夫商量也一起调往新江市。当她向丈夫提出时,他满口同意一道调动……

　　贺金苹说到这儿,低下头端起茶杯喝了口茶:"丽华,这事你是知道的,当时我们夫妻俩一道来找你们,蒙承你们热情接待,路局长满口答应帮忙……"

　　"我当时还真不知,你们之间还有这么一段不寻常的罗曼蒂克。"朱丽华说话的态度缓和了许多。

　　"我的调动办妥后,军军的学校也联系好了。"贺金苹继续说,"可他的调动却被卡住了。我们商量好,我和军军先来新江,他再做做工作下一步办调动。我来新江三个月他却没来过一次,我放心不下,回武汉去看他。当时,我想给他一个惊喜,事先没同他打招呼就直接回家了。我一进门就发现不对劲,推开房门见他正搂着一个女人赤条条地睡在一起,两个人都睡着了。我看到这一情景,气得晕过去了……"

　　"等我醒来时,他把我抱上床,那女人见状赶忙逃之夭夭,可一些女人用的物品还没来得及拿走。我发现我躺在床上,一下子跳了起来,嚷着,别的女人玷污了我的床,我就再也不要了……丈夫见到我这样,也惊慌了,再三说好话向我保证。你想想,那个时候我能听得进去吗? 我连包裹都没打开就又返回了新江。"

　　"我回到新江跑到我父母的家,抱着母亲放声痛哭。当时真的把我妈吓坏了,她不知到底发生了什么事,也不知怎么劝我。父亲背着手在客厅里来回踱步,急得不知怎么办是好。他一再说:'小苹啊,你这是为什么? 有什么事,即使是天大的事也要告诉爸妈,爸妈也好帮你想办法呀! 你老是这样哭个没完,

135

我们也不知究竟是什么事嘛。'"

"我哭累了,抬起头把我去武汉,发现丈夫与别的女人在一起的事说了一遍。母亲拉着我坐在沙发上,嘴里老是念叨着:'怎么会有这种事呢?'"

"父亲这时稍稍冷静下来,坐在那张单人沙发上平静地望着我:'小苹啊,事情既已出了,你打算怎么办?'"

"听到父母问我,我脑子里乱成一锅粥,言不由衷地说:'离,这种没有感情的死亡婚姻,还有什么值得留恋,有什么好挽留的呢……'"

"父亲听我这样说,态度又是那么坚决,叹了口气说:'你的事我们作为父母不好为你做主,但你考虑过没有,你们两个倒没什么,可军军怎么办,给他又会带来什么影响?婚姻大事非同儿戏,苹苹,你要想想清楚啊。'父亲的脸上露出一丝旁人难以察觉的愁云。"

"说到军军,我的心又痛了起来。他正在上高三啊,高考在即,能经得起这个无情的打击吗?孩子的前程要紧啊,我再三问自己。"

"在我离开父母时,父母再三叮嘱我要冷静:'小苹,有什么想不通的事就到爸妈身边来,哪怕深夜 12 点都可以啊。'"

"父亲的几句话让我鼻子一酸又落下几滴眼泪。我愧疚地说:'爸,妈,很对不起,女儿这么大了还给你们二老添麻烦,让你们为女儿操心烦神……'"

"父亲却非常体谅地说:'父母注定是要为儿女操心烦神的,凡人嘛,就是要烦啊,不烦不就成了仙人了,那也就不存在了。'平心而论,父母一直对我比较娇宠。父亲挥挥手,鼓励着对我说:'我相信我的宝贝女儿会坚强的,一定能够处理好这件事。'父亲在我和我哥长大后,每当我们遇到困难和挫折时,总是用这句话来鼓励我们独立自主地处理事务。"

"我回到自己的家,刚开门儿子就丢下作业告诉我,爸爸回来了。我没精打采地应了声,随即就问军军作业做好了没有。军军告诉我作业完成了,上星期的英语测试他考了全年级第一。孩子总是这样,在学校得了第一,总会马上告诉父母。望着儿子的兴奋劲,我却怎么也高兴不起来。军军望着我说:'妈,我考了第一,你怎么一点反应都没有啊?'"

"'啊,妈高兴。'见儿子在问我,我赶忙岔开话题,'妈今天实在累了,你也早点休息啊。'"

"平心而论,军军一直很自觉、很努力。尤其是到了高二时,他常常自学到深夜。有时我悄悄地走进他的房间,他总是聚精会神地看书做作业,当发现我时他推我出来,说:'妈你就放心吧,我一定努力学习,非考个名牌大学,将来也像你那样当名工程师……'"

"望着儿子勤奋努力的样子,我的心也踏实了许多。推开房门,他正在办公桌前坐着。我没理会他,是他主动上来与我说话的。看得出他也是提心吊胆地在同我说话。我冷冷地说:'等儿子睡下后我们再谈,这会儿不要影响他的学习。'他也理解,没有吱声。"

"我在办公桌前发了会儿呆,从抽屉里拿出纸和笔开始起草我们的离婚协议书。当我把协议书递给他时,他愣住了。"

"看他那个十二分不情愿的样子,我轻声说:'我和你的事,我们两个自己解决,不要扯上军军。军军现在已经高三了,是最为关键的时候,我不希望我们之间的事影响他的学习。你是他父亲,恐怕也不希望因为夫妻间的事影响孩子学习,让他责怪一辈子吧。'"

"他抬起头说,你这样做能不影响他吗,他就不知道了吗?"

"我说,我会做到这一点,所以希望你也别声张。"

"'难道我们之间真的没有余地了?'他用乞求的目光望着我。"

"我转过身面对着他,现在我给你两条路,一条是离;你想不离也可以,还有一条就是马上办理调来新江的手续,向我父母说明缘由……"

"这第二条……"

"当然,你也不急着回答我,也不一定急着在这上面签字。你今晚好好地想想,你也可以同那个女人商量。不管怎么说,在你明天临走之前,必须给予明确的回答。"

"他没有说话,准备上床,我拦住了他:'请不要再玷污了我的这个床。你抱着那个又白又嫩的女人时,有没有想到过你的妻子,有没有想到过我的感受……今晚无论你怎么说,都得请你出去睡沙发……'我虽然声音很低,但态度非常坚决,没有一点缓和的余地。"

"他没有办法只好去睡沙发。第二天一早,军军起来发现他睡在沙发上,奇怪地问:'爸,你怎么睡这儿呀?'"

"他回答得很巧妙,也很婉转:'你妈累了,我又打呼噜,怕影响她休息,就在这儿睡了。'"

"孩子嘛到底是孩子,没有往深处想,吃了早饭就上学去了。等儿子一走,他马上跑进房间跪在我的面前,恳求我的原谅。我当时真是恨透了,无论他怎么忏悔怎么保证,无论他说什么好话怎么求饶,我的决心已定,坚持给他的两条路。他抱着我的腿,叙述着他和那个女人在几年前就走到了一起。他也曾多次想离开她,可他还是经不住她的缠绵,后来他想调来新江,可以彻底离开,没想到她竟然动用她哥哥和嫂子的关系阻拦了调动,使他没有调动成功。她还一再威胁他,他要是不再理她,她就去死去告他，让他身败名裂。他没有办法，只好屈从了她。"

"听他说他们几年前就在一起，又看到他这个样子，我直感到恶心。我推开他，逼着他签字……"

"后来，军军问我爸爸怎么走了，我就告诉他，爸爸回武汉去办调动了，因为爸爸单位关系复杂，调动非常困难，有可能一时调不过来。"

"小孩子哪会想那么多，再加上他的功课又多，经我这么一说，他也就信以为真了。直到军军拿到同济大学入学通知书时，我搂着军军才将爸妈离婚的真实情况告诉他。他先是怎么也不相信，怎么也接受不了这个事实。后来儿子抱着我说要到武汉去找他爸爸算账，我制止了他。我说：'你要是妈的儿子就给我好好学习替妈争气。'军军发誓：'妈，你放心，我已不是小孩子了，我一定努力发奋为你争气，让他看看……'"

"就凭军军，我也要挣扎下去呀……"贺金苹的面前已经湿了几张纸巾……

"那他与那个女人结婚了？"朱丽华关切地问。

"丽华，你不知道。"贺金苹平静地说，"人啊往往都是这样，没得到的总认为是最宝贵的，得到了又不珍惜。那女的听说我们离了，她又找各种借口不同他结婚。我哥来信告诉我，我说他这种人就应该有这种下场。"

朱丽华望着她，心里很不是滋味。

贺金苹替朱丽华加点茶，自己又加了茶，喝了一口说："丽华，说真的，我真心劝你理解路业清。交通现在正是发展期，他一局之长工作忙。交通的工作就是这样没什么节假日，你要给他理解和支持。如果你不给他体贴与温暖，他不是很伤心和痛苦？你想想，要是别的男人在他的这个位子上，妻子对自己这样，恐怕早就躺到别的女人怀里了。你如果再这样下去，他的感情就有可能偏离,真的,到了那个时候就晚了。说句实话,我所知道的路局长这个人,他人品是高尚的,要不然我在大学里也不会看上他。我今天约你来,只是给你提个醒,怎么做你自己拿主意。顺便说一句,我和路业清什么事也没有,不仅现在没有,以后也不会有……"

贺金苹最后的几句话倒是提醒了她。她尽管嘴上不承认,心里还是认为贺金苹说得有道理,也是真诚的,不像是虚伪和欺诈,对贺金苹的敌意也慢慢消失了。她带着内疚地说:"金苹姐,其实我和你一样,眼睛里容不得沙子。我也清楚,可能是我的猜忌伤了他的心……"

"你能明白过来就好,丽华。"贺金苹也坦诚地说,"军军上大学走后,我本来也想调离新江市,就是因为父母跟前没人……"

"你想过调走?"朱丽华问。

"想过,如果不是父母需要人照应,说不定我已不在新江了。"

"哦——"朱丽华心里涌起一股愧意,"调动的事就不要再提了吧。我们家的小群一直说你如何如何地能干呢!"

"别听她的,我不就是一个普通的女人么,而且是个失败的女人,起码在婚姻问题上是失败的。"贺金苹坦然地说,"小群这孩子很聪明,见人总是一脸笑,很讨人喜欢。"

说到小群,朱丽华又找到了话题,她俩又说了会儿有关路小群的工作学习的事。离开时,朱丽华破例邀请贺金苹到她家去玩。

十二

这个星期的周末两天,路业清没有其他工作安排,集中时间看了几个交通重点工程。他首先察看的是沿江高速,这是省里的重点建设项目,途经新江市境内共有 19 公里。他每到一个项目部都要找项目经理了解情况,按照他的说法,平时七事八事实在没空,星期天来看看。他要求项目经理重点抓好四项工作,一是工程质量,二是工程建设安全,三是工程进度,四是工程廉政建设。他再三强调,这四项工作哪个方面出了问题都不能说工程成效突出。凡在新江境内做工程的几乎都知道路业清常讲的两句话,他最放心不下的就是工程质量和人员队伍,工程质量和人员队伍不出现问题就是他一直努力的方向。今天察看了五个项目部,他基本满意,在 F1 标项目部吃了碗快餐面后,就朝新都公路赶去。

新都公路是刚建成通车不久的新公路,走在这条公路上,路业清怀着一股成就感,心情十分欢畅。路的两边,像披着新装,树木花草依旧像刚移居过来不久的客人,稍大的树木还用毛竹支撑着。车行到都河大桥时,他要张建兵放慢车速让他多看几眼。张建兵非常理解这位在交通事业拼搏了快三十年的局长,车速比行人快不了多少。

到了大桥中间时,路业清拍拍张建兵的后靠背。张建兵明白路局长的心意,将车靠边停下来,路业清下车让他把车开到桥头等他。他在桥上慢慢地步行着,都河大桥是新江市交通部门自己设计自己建造的第一座桥梁。虽然国内大江大河上的悬索大桥和斜拉桥要比都河大桥大得多,难度也高得多,但作为一个市级交通部门,能设计建造出这样的桥梁还是不容易的呀!他走在桥上,望着宽宽的河面、缓缓流淌的河水,心情分外舒畅,也特别高兴。

正当他要回头时,不远处传来一阵歌声:

哎——哥在河的这边喊

妹在河的那边看

喊声随着风儿传

只因没有摆渡船

哥想妹啊整天念

妹思哥啊心发酸

什么时候有大桥啊

哥拉妹手彻夜长谈也谈不完

哎——哥在河边发了难

妹在河的那边盼

风儿可知我的心

稍个信儿到对岸

哥想妹啊到月圆

妹思哥啊又一年

什么时候架大桥啊

哥牵妹手一同走上那红地毯……

歌声是从一位小伙子那儿传来的,虽然唱得不太专业,也不是太好,但路业清还是寻着歌声望去,他想看看这小伙子什么样。桥下是清清河水，两岸是青青杨柳，他怎么也看不到唱歌的人。

现在他的心也随着这歌声不断地起伏着，造桥修路，也是老百姓一直在企盼的事啊。眼前又闪现出新都公路和都河大桥通车时，市里组织的文艺晚会上的情景……

新都公路和都河大桥通车典礼是放在一起进行的，当时路业清想，两个工程一并举行通车典礼既节省时间又减少开支。路业清的想法一提出来时，陈振林第一个响应，他倒说了句大实话："我们的路局长处处为节省资金着想啊。"路业清也笑笑说："不考虑不行啊，交通工程上花了那么多的钱，最终还得要我们去还哪。我在位一天，就要对交通负责，给接位人创造更多的有利条件才行，总不能给人家留下一屁股债务吧。"他这样一说，其他几个局长都笑了，说跟这样的领导在一起干工作，就是累死了也心甘情愿。

路业清把想法向蔡市长汇报时，蔡市长满口同意并当场拍板定下来，就在新江市影剧院。那天，在都河大桥上举行通车剪彩后蒋市长、蔡市长、人大的丁主任、政协的黄主席等一起参加了市群艺团和交通系统一起举办的联欢会。路业清原先坐在领导的边排，后经蔡市长调整，他坐到了蒋市长旁边。

蒋市长兴致勃勃地看着文艺节目，小声问路业清下一步新长路的进展情况，他要求交通要在近几年内打个翻身仗，为新江老百姓多做点贡献。正当他说着说着，一阵清脆悦耳的女高音响彻全场，蒋市长注视着台上的女演员，随着歌曲的旋律，他的心被牵动着，特别是那充满着人情味的歌词，更是打动着这位市长的心，他十分清楚修路人的艰辛和牺牲精神：

蓝天下
我开着压路机辗平大路

工棚前
我对着夜空把满天星星数
数一数,离家多少个日夜
数一数,捎回多少个祝福
今晚又是一个难眠的夜晚
我在思念你们啊
我那多病的母亲
还有年迈的老父
为了平坦的大路
儿子孝心只有回家才能弥补

蓝天下
我开着压路机辗平大路
工棚前
我对着夜空把满天星星数
数一数,离家多少个日夜
数一数,捎回多少个祝福
今晚又是一个难眠的夜晚
我在思念你们啊
我那顽皮的小儿
还有艰辛的媳妇
为了平坦的大路
我不能守着你们给予安抚

为了平坦的大路
儿子孝心只有回家才能弥补
为了平坦的大路

我不能守着你们给予安抚　给予安抚……

　　蒋市长还未等歌声结束,就带头鼓起掌来,整个剧场一片欢腾,"再来一个,再来一个",喊声一片。演员出来两次谢幕,这喊声才慢慢地平息下来。蒋市长调头问人大丁主任:"市群艺团这演员我怎么没见过?"

　　丁主任告诉他:"这哪是市群艺团的演员,是我们路大局长家的'千金',你不认识?"

　　"啊,这丫头变成大姑娘了!业清同志,好啊,女儿有出息啊。只可惜,我没有儿子,不然我非要提亲做我家的媳妇。好,好,业清啊,好好培养,今后一定比你我强。"

　　路业清小声地对蒋市长说:"您夸奖了,小孩子瞎胡闹。说实在的,她上台我一点不知道,我知道有这首歌,当时看节目单时,不是她唱的……"

　　"喂,你可不能压制人才啊,小孩子就是要他们去闯去干。"蒋市长边说边借着昏暗的光亮翻看着节目单,一看"《大路放歌》　作词　路小群　演唱　路小群",忙指给路业清看,"你看看,人家不光是演唱,词也是人家作的呀,就这一点,业清啊,小群不简单哪……"

　　路业清回想起蒋市长夸奖女儿,他心里就有着一股说不出的高兴,身为人父,谁不盼自己的子女有出息呢?更何况他对女儿宠爱有加,女儿也特别讨人喜欢,不论在什么地方都是那么通情达理……

　　他走到桥头又回过头看看大桥才拉开车门,告诉张建兵去新长公路建设指挥部……

　　路业清把几个重点工程建设的情况全部了解了一遍,心想明天向市里汇报自己就有把握了,这时他才安心回家。

朱丽华见丈夫回来了,忙接过丈夫手中的公文包。路业清环顾了一下室内问:"小群呢?"

　　朱丽华边替他倒茶边说:"一早出去还没回来呢。"他接过妻子递来的热茶,突然觉得妻子最近变了,变得让他都有点吃惊。原先那种可怕的自私和妒忌不知什么时候突然消失了,随之而来的是关心和体贴。他也不去问她为什么,是什么原因使她变了。他总觉得,夫妻嘛就应该相互信任相互尊重,不要老为一些鸡毛蒜皮的小事争吵不休,他最反对夫妻间吵啊闹的。

　　"业清,小群最近总是往外面跑,是不是又在和谁谈恋爱啊?"朱丽华试探地问,"这孩子又不跟我说上一句。我要是问她,三句话没说完,她就跳起来,真的拿她没办法。"

　　"孩子大了也该谈了。"路业清边喝茶边说。

　　"我是怕她年轻心活,容易冲动上当,现在社会上的风气不大好。上次同小邢不谈就不谈,这回我看那个小牛学历文凭都不如小邢……"

　　"这个你就不要担心了。"路业清放下茶杯说,"小群大了她自有主张,你和我做父母的做好引导就行了,不要横挑鼻子竖挑眉干涉太多。文凭是重要,但更重要的是能力,长相也是一方面,但好看不能当饭吃,关键是人品要好……"他的话还未说完电话就响了。

　　朱丽华接过电话,电话是局办公室朱主任打来找路业清的。

　　"哦,小朱啊,他刚回来有什么事让你这么急,你等等,我这就叫他接电话……"朱丽华把电话递给路业清。

　　"喂,是我……什么……你再说一遍,在什么地方,伤亡情况怎样……"朱丽华一见丈夫接到电话脸色大变,又在问伤亡情况,知道出了事故,马上取来公文包让他好快点赶去处理……

　　路业清神态严峻地说:"马上通知张建兵来接我去现场。

另外通知尽快抢救伤员，保护好现场。"他刚要放下电话，马上又补充一句："要运管处和汽车公司立即成立事故处理小组，以汽车公司为主，运管处协助……"他说完就挂上电话准备出去。

朱丽华问："出了什么事？"

他本不想说的，又怕她在家为他担心，走到门口才说："出了一起交通事故……"说着拿起包就往外走。

朱丽华望着刚到家还没坐会儿的丈夫，一个电话就把他急急地喊出去，心想，这交通局长真的不容易，担子真重啊，一年到头能有几个星期天是安稳的？有几个节假日是属于自己的？

路业清直接赶到新江通往上平的陈家寨，老远就看到许多人围在那儿。他让张建兵快点开过去……

他一到现场就看到新江汽车公司的大客车被一辆中巴车顶翻。幸好大客车的右边有个半米高的土坡，大客车躺卧在土坡边坎上，大客车的中部已被撞得严重变形。中巴车车头已凹进去还顶住大客车，满地是破碎的玻璃渣。几个壮年汉子正在帮着把大客车里的人往外拉，受伤的人就在路边，有的不停地呻吟着……他正在问为什么这么长的时间救护车还没到，一个上了年纪的中年妇女告诉他，20分钟前拉走了两个重伤员。他正要说什么，两辆救护车从他的后面赶来了。他一面指挥赶快救治重伤员，一面又与几个男人合力把伤员一个个抬上救护车，接着又打电话向新江市救护中心求救，再派几辆救护车来。

路业清又叫张建兵把车开过来，帮着送几位轻伤员去医院。

两辆救护车和张建兵的车开走后，他看看在场的还有几位一般伤员，安慰着他们不要急，冷静点，一会儿就有车来接他们。紧接着他马上对身边的交警说："请你们保护好事故现场，对事故责任进行鉴定。"当他刚要抽身打电话时，后面的救护车又赶到了,他又和在场的交警以及当地的群众一起把其他伤员扶上车。

救护车刚开走,他就拿出手机准备给市里领导汇报情况,电台、电视台和新江日报、晚报的记者一起上来围住了他,就这起交通事故的情况和抢救伤员情况进行采访。

他拿着手机很有礼貌地向各新闻媒体记者们说:"对不起,出了这种交通事故我很痛心,请你们稍等,我向市里领导汇报后再为你们介绍这起交通事故的详细情况。"说完转身就向蔡市长做了简要汇报,这起交通事故到目前为止死亡两人,伤16人。蔡市长要他在抢救伤员的同时保护好事故现场。他汇报说伤员现在已全部送往新江市各医院抢救,他正着手安排事故调查,组织安抚伤员,处理善后事宜。蔡市长表示同意并告诉他保持联系……

向市领导汇报后,他才接受各媒体记者的采访,他还没来得及擦去血迹的双手又开始向各记者们比划描述着他赶到现场时的情形,几名现场目击者和车上没有受伤的乘客也向记者们描绘着发生车祸的那一幕……

原来汽车公司的大客车由北向南正常行驶,驾驶员孙海平是个有近10年驾龄的老驾驶员。他发现左前方的叉道上中巴车正飞速驶往大道时,他就减速把车向右边靠想避开中巴车,同时不住地鸣笛警告。正在这时,一辆两轮摩托车由北向南又拐向岔道,中巴车的车速很快,加上又是下坡,驾驶员处理不当,没有减速就直接冲过来,正好顶撞在大客车的中间部位,一下子把大客车给撞翻了。中巴车的驾驶员黄建国今年22岁,刚从驾校出来不到半年。据中巴车上的乘客反映,在前面2公里处中巴车就已超载,后来又陆续上来5个人。驾驶员曾叫车主刘立人不要再上人了,但车主刘立人不同意,并说今天是星期天下午,稽查人员不会上路，多载几个没问题。所以原定19座的中巴车装了31人，加上包裹简直是满满一车……死亡的两人都是大客车上靠车窗的，一位是进城看女儿的老年妇女，一位是中年男子。中巴车的驾驶员和车主伤势较为严重，受伤人员中有两人处于昏迷之中……这次交通事故共有22人不同程度地受伤。

一名记者马上问道："路局长，事故发生后，你赶到现场采取了哪些措施？"

路业清告诉记者："我接到电话大约半个小时就赶到了这儿，我来了后首先是抢救伤员，当时有一辆救护车刚开走，第二请求交警保护事故现场，第三通知汽车公司和市运输管理处成立事故处理小组，着手事故调查和善后处理事宜，第四向市领导汇报，这你们刚才都听到了……"对于这名记者的询问，他没有反感，毫不掩盖地说出自己赶到现场后所做的一切。这时，一名电视台的记者实在看不下去了，递上纸巾："路局长，您擦擦手上的血迹吧。"他接过纸巾又说："你们今天赶来正好，我想借你们媒体再次呼吁社会各界，关注交通安全，共同来抵制交通违章行为。这起交通事故是令人痛心的，但目前全市超载违规现象仍比较普遍。尽管我们交通部门和交警一再查处，天天检查超载违章，但超载违章屡禁不止。一些车主受利益驱动不顾车况不管安全拼命超载，安全隐患仍然很多。我想，单靠检查罚款解决不了问题，单靠交通和交警查处也不是个事，必须靠全社会共同维护交通安全。大家共同抵制，这种违章行为就没有市场了。比如，眼前这辆中巴车的车主，就是最典型的例子，受利益驱动……"路业清慷慨陈词和他的一举一动都被电视台记者摄入镜头在全市进行了播放……

路业清把现场安排妥当，让市运管处的副处长张建忠负责后，他才返回市里。他在返回途中向蔡市长汇报了他正返回的情况。蔡市长告诉他,蒋市长要去医院看望受伤人员,要他陪同,马上去准备一下。

路业清一听,马上说:"那好,我就过来陪同蒋市长去医院看望伤员。"蔡市长说:"那你辛苦一下,我要值班,就不去了。随时联系……"

路业清马上又向汽车公司总经理耿建华了解伤员情况,住在哪几家医院。耿建华正在会议室开会,向他报告说,所有伤员已在市一院、市二院和新江医学院附属医院治疗。这三家医院的具体人数是:一院共收治伤员5人,其中重伤员1人;二院收治5人;附院收治12人,其中重伤员4人,1人正在抢救……

"你们有没有派人去这三家医院?"路业清问。

"路局,我们先后派出了三个小组,每个医院有一个小组负责……"

"好的,你再派一名副总,一定要熟悉情况的随我一道,陪同蒋市长去医院看望伤员……"

"这样吧,路局,就让王家荣陪你们一起去怎么样?"

"王家荣行啊,现在就让他到市政府门口等我,我一会儿就到……"

蒋市长和市委李副书记在路业清等人的陪同下,首先到了市第一人民医院。蒋市长一一察看伤员,又询问伤员情况。蒋市长握着伤员的手,说:"你们受苦了,现在事故已经出了,就安心养伤。"同时,强调有困难直接向医护人员提出来,也可以向汽车公司的同志反映,他们会把有关问题汇报给市里的。一位妇女躺在病床上,握着市长的手说:"我的孩子,孩子……"

护士马上过来安慰她:"放心,你的孩子没问题,只是擦破了点皮,就住在你的隔壁。"

蒋市长看完轻伤员后,来到重伤员病房前,他透过玻璃门看到里面的医护人员正在紧张地忙碌着……蒋市长转过身对身边的副院长说:"这次事故已经当场死亡两人,你们要尽最大努力,尽全力抢救受伤人员的生命,至于用血用药和费用问题,你们医院不要考虑。"

副院长推推鼻梁上的眼镜,坚定地说:"请市长放心,救死扶伤是我们医院应尽的职责。我们一定全力抢救每一位伤员。"

蒋市长每到一处,就见市电视台的记者跑前跑后,忙个不停。

蒋市长察看完三家医院之后已是晚上9点半了。路业清又去了汽车公司听取耿总经理的几点善后处理想法和几套解决办法。交警部门认定的事故责任是中巴车应负主要责任,但由于中巴车车主拿不出多少资金,公司决定明天暂时先抽取30万元垫付给各医院救护伤员。至于下一步怎么处理,由交警部门拿出具体意见再说。

"暂时只能这样了。"路业清望着耿建华严肃地说,"我们都要从这起交通事故中吸取教训,举一反三,再一次检查交通行车各项安全工作落实情况。你们要在全体驾驶人员中更广泛地开展安全行车教育,要牢固树立安全意识,要把人民群众的生命财产安全放在第一位。我还是那句话,要驾驶员宁停三分不抢一秒,十次事故九次快,还有一次,也是超车所造成的啊。"

"路局,您放心。我们明天就进行安全大检查,并以这次事故为教训,全公司上下举一反三进行教育。"耿建华说着他的想法。

路业清点点头，看了下表已是晚上12点半了，对耿建华说："那今天就到这儿吧，你们辛苦了。"

路业清到了自家的楼下，见家里的灯仍在亮着，他想她们还没睡吗？到这个时候她们还在等我干什么。他上楼一开门，女儿就奔过来："老爸辛苦了，快歇会儿。"

妻子朱丽华忙着为他打水洗脸。

路业清边擦着手边说："我刚才又去了一趟汽车公司，同耿总商量下一步事故处理的方案……"

路小群跑来说："老爸，你好棒啊。在事故现场，你一会儿忙这一会儿又忙那，站在车上把一位小孩子抱出来。特别是那些记者围着你，有个记者问的问题我都有意见，你还耐心同他解释，真伟大……"

"别说了，这些倒霉的事。"他对女儿说，"我都渴死了还不去倒水？"

朱丽华端来杯茶，路业清接过来就要喝，朱丽华马上提醒他："当心烫着……"路小群又说："老爸，你陪着市里蒋市长一连跑了三家医院，市里的电视台晚间新闻都播出了。"

"哦……"路业清很疲倦地说，"你们还不睡，明天不上班了？"

"小群，你去睡吧，老妈陪你爸一会儿。"朱丽华对女儿说。

"好吧，老爸晚安。"路小群在他脸上亲了一下。

"好了，这么大了还像个不懂事的孩子。"朱丽华说着女儿，自己坐到丈夫跟前，关掉电视想让丈夫歇会儿。

路业清见妻子最近态度大变，不仅不与他争吵，还对他处处体贴关心，觉得有点奇怪。

"你们交通真忙，业清你也早点休息吧。"朱丽华关切地对丈夫说。

"丽华,坐近点。"他示意妻子坐到他身边。她犹豫了一下,看看女儿的房间已关上了才不无顾忌地慢慢挪到丈夫身边,轻声问:"你还有事?"

他点点头:"有件事想告诉你,你可能会感兴趣。"他望着她:"你一直放心不下贺金苹和我的关系,现在彻底让你放心,她要结婚了……"

"贺金苹要结婚了……"她不信地望着他。

"别这样看着我,这是真的。"他说,"就在下下个星期六,她也不准备请人,说是再婚没有这个必要。我看她关键是第一次婚姻失败后,对她的打击比较大,才不愿张扬。因为我是她的老同学又是交通局的领导,你是我的夫人又是她的朋友,特地邀请我们俩参加……"

"男的是谁?"

"说起来你也认识,就是一中的英语老师吕宏伟。吕老师早几年还给小群补过英语的。"

"吕老师?"她想起来了,吕老师这么多年不知为多少学生补过课,许多学生家长都说吕老师是位好老师,不仅教学生学习方法,还经常为学生讲些学习道理和做人的基本要求。因为是高中嘛,学生都是小大人了,有些道理一点就通。这吕老师还有一点好处,就是从不为辅导费用计较,你给多少他拿多少,你不给他也不开口要……"吕老师的爱人呢?"朱丽华问道。

"说来也真不幸,去年三月患癌症去世了。陈振林局长上次见到吕老师同他说了,吕老师满口同意。回过头来,老陈怕一下说服不了贺金苹,那次就在我的办公室里同贺金苹半开玩笑地说起这事。贺金苹也爽快地答应接触接触,这两个知识分子谈得还不错。"路业清说，"陈振林做介绍人，他们还要我做他们的证婚人……"

"你为老情人证婚。"朱丽华笑着对他说。

"喂，你现在说说可以啊，人家结婚了，你下次千万别胡扯啊，以免影响人家的夫妻关系啊……"

"这是在家嘛，同你开个玩笑。"

"哎，到时你要和我一道去啊，贺金苹还专门提到你，要你一定参加。不过，你也放心，没有多少人，就那么一两桌吧，他们的父母当天不参加，第二天他们两家人才聚聚，相互间认识认识。"

"就一两桌？"

"嗯。她说得很真切，他们俩都这么大的年纪了，两家的子女也都成人了，还那么大操大办干吗，一点意义都没有。"

"这样也好，他们都是知识分子，又要面子。"朱丽华说着又像想起了什么，忙问道，"那人家结婚毕竟是大事呀，既然请我们，我们也得表示表示吧，送他们什么好呢？"

"贺金苹倒是说了，一切从简，不收礼，人到就行。我想啊，你还是准备一下吧。至于送什么，你们女同志心细，我就管不了啦，只要不把你老公送给她就行。"说着他也笑了起来。

"去你的。"她推了他一把，"我看送钱太俗，人家也不会收。这样吧，就送她水晶制品，这也象征她的一颗纯洁之心和纯洁的爱情。"

"行啊，你去办吧。"他站起来伸了个懒腰，走向卫生间。

十三

　　路业清开了一上午的党委会，一揽子的事务全在党委会上定了下来。党委会议结束他就给贺金苹打了电话，要她把工作安排好，想让她下个星期好好地陪陪吕老师。虽然她和吕老师都已进入知天命之年，但两个人在两个系统走到一起也实在是不容易。

　　贺金苹倒是十分爽快地告诉他，新长路的工作已做了安排。他们也不准备请多长时间的假，只是陪吕老师到合肥老家去一趟，吕老师的父母都住在合肥老家，80多岁的老人来来去去不方便，还是他们去看望老人，时间也只需三天就足够了。尽管路业清一再建议她多休息几天，贺金苹还是坚持自己的意见，不准备多请几天假。

　　路业清结束与贺金苹的通话，又拨通了牛基实的手机。这个玩命的年轻人就在轧石机旁，手机里的杂音很大。路业清叫他离机器稍远点，他急忙紧跑几步离开了轧石场，手机声音清楚多了。

　　路业清问："这个月能向新长路供应多少吨石子？"这个年轻人口气很大："要多少有多少，如果不行，让他们加班加点，人歇机不歇，日夜连续干。"路业清听了他的话，知道小伙子的牛劲又上来了，告诉他不要蛮干，要做到合理安排。在合理安排的基础上多产出，多出效益，明天上午市公路处分管工程建设的副

155

处长去找他联系石子，要他接待一下。牛基实一听市公路处领导要来联系石子十分高兴，马上保证道："路局，您放心，我先领他看下我们的采石厂，再看看轧石场的石子，他要多少我就与他签多少合同……"

他刚挂断电话，墙上的挂钟又敲了一下，他抬头一看12点半了，便收拾文件准备下班。他拿起包走到门口，桌上的电话又响了起来。他稍一愣返回拿起电话，电话是门口传达室打来的。他开始以为是张建兵在传达室打给他的，问他回不回家，一听原来是长山乡王家山的王伯能老头给他送来一袋山芋……

他马上问："王伯能老人走了没有？"

传达室的人告诉他："王伯能正要走……"

他马上说："请告诉王伯能老人不要走，我马上就下来。"说完就挂了电话急匆匆地下楼。

刚出办公楼，路业清就看见王伯能站在传达室门口："哎呀，王大叔，您老人家还专门来看我，这不是颠倒了吗？我昨天还在讲抽空去王家山看您呢。"他赶上前握着王伯能那双满是老茧饱经风霜的手，问："家里都好吧，今年的收成怎么样？"

王伯能满脸堆笑，点着头："都很好啊，昨天我家刨了山芋，我说，过几天再来，老伴说，要去看路局长就早去，免得天变下雨，城里人也喜欢吃点杂粮。嘿，巧啦，村里有辆手扶拖拉机运砖去姚庄。我一早就跟车到姚庄，又乘上汽车赶过来了。"

"怎么不到我办公室坐坐……"

"我要走，是传达室同志说你马上下来。"王伯能说，"见到你我就放心了，这会儿我还得赶回去。啊对了，那袋山芋放在传达室里。"

"不急，大叔。"路业清拉着王伯能说，"这样，我们先去吃饭，吃过饭歇会儿我来用车送你。"

"那怎么行啊。"王伯能说,"我是来给你送山芋的,山芋送到就行了。"路业清硬拉着王伯能不放,大声喊着:"小张,张建兵……"

张建兵从驾驶班出来,见路业清拉着一个老头,连忙问:"上哪儿?"

"你去帮我到隔壁的宏业饭店安排一下,王家山的王大叔来了,你也陪陪他一块吃顿饭吧。"

张建兵仔细一瞧,果真是长山乡王家山的王伯能,答应着就去安排了。

路业清拉着王伯能的手像是久别重逢的老朋友,边走边聊。

宏业饭店是个不大的小饭店,早餐面点比较有名,中午和晚上一般都是三三两两的散客。路业清拉着王伯能走进店堂,见三三两两客人围在几张桌上正在吃饭喝酒,他问一位服务小姐还有没有包间,小姐说没有了……这时张建兵过来把他们领进一个小包间,这里只有一张可坐6个人的小圆桌。

路业清让王伯能坐到里面,他与张建兵分别坐在左右。张建兵问路业清:"是点菜还是定个标准?"

路业清说:"把菜谱拿来看看,王大叔年纪大了,又是第一次来这儿,好好地点几个菜,喝几杯。"

张建兵站起身拿来菜谱,服务小姐过来问要什么菜,路业清边看菜谱边说:"你先给客人倒茶。"接着他问:"你们这儿有什么特色菜、拿手菜?"

服务小姐忙着倒茶还没来得及回答,张建兵说:"他们这儿鱼头豆腐还是不错的……"

"那好,就来个鱼头豆腐。"

王伯能赶忙说:"路局长简单点……"

"放心,大叔。"路业清问王伯能,"您平时喜欢吃什么,没关系尽管说。"

"我嘛,有碗青菜烧豆腐就好得很了。"王伯能怕他们花费,就说了这个菜。

"这怎么行,让您老人家跑这么远来吃青菜?不行不行。"路业清对服务小姐说,"你给我先来四个冷菜,来瓶海之蓝,我们先喝起来。"

路业清还在翻着菜谱,他把菜谱递给服务小姐,说:"除鱼头豆腐,再来一个油焖茄子,一个带鱼,炖母鸡,再来个银鱼羹……"

"路局长,我是山里人,是个粗人,你不要太讲究了。"王伯能见路业清这么重视,从心底有点过意不去,忙制止着他。

"大叔,您别管,您今天到这儿来我很高兴。"路业清抬起手说,"您老来一趟不容易,说什么也得让您吃好喝足呀!"

服务小姐在单子上记录着。路业清又关照:"要的菜要多烧会儿,年纪大的人牙口不好,你去关照一下厨师,还有少放糖少点盐,淡一点啊。"

服务小姐答应着:"你们先慢用,我这就去告诉厨师。"说着轻轻关上门出去了。路业清端起杯子和王伯能开始喝酒,张建兵说:"大叔,我要开车不能喝酒,就用茶代酒了。"

王伯能一口喝下一小杯,连声称道:"好酒,好酒。"路业清夹了一块皮蛋放在他的盘子里,说:"您老慢慢喝,我下午也没什么大事,正好陪陪您。"

"别,你们忙。"王伯能又喝了一杯,举起筷子制止着,"我一个山里老头来见到你路局长就很高兴了,又让你破费弄这么多的好酒好菜,我已过意不去了。再耽误你的工作,实在不好意思。"他正说着,服务小姐递上一小碗银鱼羹给他,路业清示意他快喝。王伯能喝了一口,问:"这是什么汤,怎么这么好喝?"

路业清告诉他:"这是芜湖里的银鱼,很有营养。"说着又替他添了一些:"好吃就再来一点。"

王伯能眯起眼又喝了一杯酒,他今天真是太高兴了。他活了这么大,也没有来过这新江市的大饭店吃过大餐啊,这么多的好酒好菜,有多少他都没见过,他能不高兴吗?路业清又替他满上一杯。

王伯能侧过脸说:"路局长真是个大好人,你们一家都是好人哪。"可能是几杯酒下肚,王伯能的话匣子打开了。他唠唠叨叨个不停:"路局长啊,看到你我又想起你家的女儿小群啦。我常说,将门出虎子,你们官家有凤凰啊,你那小群真是个既聪明又懂事会说话体贴人的好姑娘……"王伯能端起酒杯又一饮而尽,眯着眼说:"还是三个月前吧……"他慢慢地回忆着……

"我们家的拆迁事,我已对陈指挥说好了一个星期保证拆完,陈指挥也答应我了。可那天上午,施工队一下子来了十几个人,硬要用铲车把我家给铲了。我对他们说,我的东西都快搬完了还怕我不走?我是想,把瓦一块块掀下来,把墙上的砖头也拆下来,好再用啊,你们那铲车一铲,这砖瓦不是全给弄碎了?

你猜那个领头的怎么说,'这砖瓦能值几个破钱?我不给你铲掉你还得赖在这儿不走。'

我一听来火了:'我同你们的路局长说过,保证拆掉不拖后腿,再说早两天你们陈指挥也同我说好了的,他同意我的,不信你去问他。你们这些人是哪里人,怎么不讲理呀?你要是这样蛮横无理,我也不客气了。'我当时就叫老太婆:'来,我们两个就坐在这屋里看哪个龟孙子敢用铲车来铲。'说实在的我也不好,我的臭脾气上来了就管不了那些了。

嘿,你猜怎么着?他们人群里出来个小姑娘,跑到我面前,说:'大爷你不认识我,我可知道你呀。'

159

我一看，也没好气地就问：'你是谁呀，我不认识你。'

她马上说：'我是路业清的女儿叫路小群呀。我听我爸提起过您哪。大爷，这次拆迁您老人家心里不好受，这我知道。您老在这儿住了几十年了，原先住的茅草小屋，好容易在您老手上翻盖成瓦房，前年又进行了翻新，不容易啊。'

听她这么一说，我左看右看，怎么看都有点像路局长。

她马上又说：'大爷啊，这房子您老舍不得，我替您把它拍下来，让您和老奶奶在这门口也拍张照片做个永久性的留念……'

我一听那心里头就热啊。路局长待人亲热得不得了，没有一点官架子。这姑娘比路局长更神更理解人心，几句话说得我心里暖暖的直想掉泪。

就这样，我就跟着她来到门口。她喊了一声：'你们给让远点，我给大爷拍两张照片。'嘿，那些人一个个都乖乖地退了几丈远望着她。她搬了张凳子让我和老太婆坐在门口，又拿了个什么很小的照相机对着我们。没一会儿，她跑过来说：'大爷，您老人家看看照得怎样？'

我一看，这姑娘真的神了，我和老太婆都在那里面。她又说过两天回到新江市给我们送到照相馆里去冲洗。

看到她这样，我不由地问：'你真是路局长的女儿？'

她笑了。笑得那么开心，说：'您老人家还不信？您老要是不信问问他们。'她指指那些人。

我和老太婆连忙点头，信，信。

接着，她告诉我，修路的时间很紧，不能再耽搁了……

经她这一说，我马上表态，姑娘你们今天就拆吧。

她又关心地问我：'房子拆了住哪儿？'

我告诉她，暂时住到我女儿家。我儿子住到亲戚家去了，村里已给了宅基地，但还没来得及砌房。

她马上告诉我，砌房子的水泥和石子要是不够，对她说一下。她会帮着想办法买些便宜点的，如果需要设计，她可以免费给予帮忙。

经她这样一说，我怎么也不应该为那一砖一瓦去计较啊。我又望望我亲手盖起的这房子，说：'姑娘冲着你和你爸路局长的情谊，我住在露天底下也心甘情愿，你叫他们拆吧。'

她马上召集人拆房子，还要那些人尽量轻点，不要把砖瓦给砸碎了，说大爷还要盖房子用……"

说到这儿，王伯能端起酒杯一口又是一杯。路业清把清蒸的老母鸡拆得碎碎的，连汤带肉给他弄了一碗："大叔您老也别夸她，一个小孩子哪有什么好说的。再说，这也是我们应该做的嘛。"

王伯能喝了口汤，又说："你可不能这样说，她还真的说话算数，跟你一样。大概过了三四天吧，她就把我和老太婆的照片还有那老房子的照片，给我送去了。我要留她吃饭，她怎么都不肯，临走时还问我什么时候动工盖房子。她劝我要盖就盖成楼房，住得宽敞些。她还告诉我，要我儿子找一个好点的地方，搞个什么度……度假的房子……嘿，我这记性。"

"叫度假村。"路业清补充着。

"对，对，就是度假村。她说，要让城里人也去过过什么休闲生活，住到山里呼吸新鲜空气。"王伯能继续说，"她还说了，盖房子差水泥石子，她帮着买。你看多热心啊。后来啊——"

王伯能又喝了口酒，说："她说到做到，没过多久她和那个小伙子，姓什么的，啊一个姓牛的小伙子送了两趟水泥和石子。那小伙子人不错，我要付钱给他。说了半天，他们只收了水泥钱，石子怎么说也不肯收。我们村里人都说我王老头运气好遇到了贵人……现在好了,楼房也要盖了。"王伯能越说越高兴:"我真的要谢谢你们呀,路局长。昨天,我挖了山芋,女儿就说赶紧给路局长送些过去。虽然这个不值钱,人家城里人啊也不稀奇,但也是表表我们一点心意啊。"

"谢谢,谢谢。"路业清问,"房子想盖多大?"

王伯能放下筷子说:"我的那房子呀只要比原先大点就行了,他比划着楼上楼下。"他怕说得太过分,马上又改口道:"当然,与你们城里的楼房不能比啊。就是我那小儿子的房子,他听小群一说,倒是想搞什么度假的。我不管他怎么搞,随他吧。下次你们全家到我那儿去住上十天半月,保证没问题。"

"还是农村的房子住得舒服宽敞,不像城里的房子紧啊。"张建兵插上来说。

"这样,路局长,城里的空气不好,我们那个山里呀空气新鲜,你要是不嫌弃,等有空把你们全家领到我那儿住住,怎么样?"

"好啊,大叔,我下次有空一定到你家看看。"路业清说。

王伯能端起酒杯说:"路局长,我就怕你不给面子不来呀。"

路业清又替他满上酒,他推辞着,说喝多了,不能再喝了。路业清一看表,已是下午2点了,问:"您老真喝好了?"

"不能再喝了,我在家一顿也只有2两。"他指指酒瓶,"你看,我们两人一瓶下去差不多了,不能再喝了。"

"那您老还想吃点什么?"路业清问他。

王伯能眯起醉眼说:"这么多的菜都吃了,早饱啦。"

"这样吧。"路业清说,"就来一小碗面条吧。"

一听来碗面条,王伯能似乎又来了劲:"好,好。"

张建兵赶忙去吩咐,上面条。

吃完面条,王伯能打着饱嗝说:"路局长,你要有空一定要到我家看看啊,下次到我家,就是楼房了。"

路业清说:"我女儿说过了,等你儿子把度假村搞起来,开业那天,我们一定去祝贺。"

路业清搀扶着王伯能回到交通局院里。他对张建兵说:"你把王大叔送回去,路上慢点啊。"

"那您呢?"张建兵问。

"我没问题,要是再出去另找车吧。"

张建兵把车开了过来,路业清替王伯能拉开车门:"大叔,我就不送您了。让小张送您回去,一路上走好……"

"行,行。"王伯能已有七八分醉意了,他马上伸出手,"路局长,你,你一定要来啊,等我家楼房成功了,一定来啊!"

路业清握握王伯能的手,答应有空一定去。他又关照张建兵,路上不要急开慢点,把大叔送到家。他望着车出了大门才回头上楼去办公室。

在轧石场,轰轰的轧石声响个不停,细蒙蒙的石粉随风一会儿飘向东南,一会儿又飘向西北。牛基实披戴着披肩和帽子,面部又戴着厚厚的口罩,尽管这样仍是满脸灰尘,粗粗一看他就像一位刚从战场上下来的战士。

邢开连和包勇两个跑来一看,平坦的水泥场地堆放着石料,两辆装好的石子车刚开出场地。包勇见这儿一派生机勃勃的样子,说:"这个牛基实还真搞出点名堂来了……"

"他能搞出什么?别看现在红红火火的,这不过是新砌的茅厕三天香。"邢开连不服气地说,"像他这样蛮干能有什么结果?你看石粉飞扬就像下雾,这种污染今后长期下去怎么得了?"

"轧石场的粉尘他们没有解决,其他的轧石场也都没有解决。"包勇说,"他在这么短的时间里把轧石场搞成这样已经不容易了。至于粉尘的污染,在这山里总归要比那些轧石厂办在路边村边好。"

"你怎么同路局长一样,对牛基实这种人总是肯定的多,赞成的多,有些问题也只是包容着……"

"小邢,我知道,你对牛基实有些成见。"包勇说,"依我说啊,小邢,你有些事情还得从自己的方面找找原因。有的事要从多方面去想,有些话我也不想多说,你也是我的好朋友。比如路小群不同你来往,她主动去接触牛基实,那是路小群的事……"

"喂,小包,你不要再提这事好不好?我同路小群接触那么长时间,相信她总有一天会明白的。"

他们俩边走边说,来到了轧石场的开票房。牛基实见包勇和邢开连来了,让人替他顶班,急忙过来:"小包,小邢,你们来了……"

"呵,秦始皇的武士啊。"邢开连带着讥讽的口吻说。

牛基实低头一见自己这个打扮,也嘿嘿地笑了。

"小牛你搞得不错啊。"包勇伸出手去与牛基实握手,"成效显著,功不可没。不过,你这个样子倒真有点像位战将啊。"

"嘿,没办法,这儿刚起步,不干不行啊。局里投资那么多,不抓紧时间搞出效益对不起路局的支持啊。"牛基实憨憨一笑,"今天二位怎么有空跑到我穷山沟沟来,有什么事吗?"

邢开连从见到牛基实起就没拿正眼看他一下,现在见他大大咧咧憨憨一笑,更瞧不起他,马上背过脸走进票房。

"我们俩今天是来看看你这儿的石子怎么样,都河码头不是已经开始施工了吗,正需要大量石料。陈局长要我们来找你商量,是不是先弄一批过去。"包勇照直说着,"有困难吗?"

"没有。你们来了,我再大的困难也得克服,先满足你们呀。"牛基实也是真心实意地说着,"用石子越多越好。"

164

"行。"包勇得到了牛基实的同意,心想回去可以向陈局长汇报了,他满意地说,"走,看看石子质量怎么样。"

　　"你放心,我这儿的石子保证符合你们的要求。"他们俩来到轧好的石子堆,包勇抓起几粒看了又看,说:"这石头比较坚硬,质量不错。"包勇将石子在手中掂了掂对牛基实说:"小牛,这石头成分怎样,能不能烧水泥?"

　　"算了吧,小包。"牛基实说:"就这个轧石场已把我拖得快不行了,再搞水泥厂,那不是要我的命吗? 不行不行。如果要搞的话,我不负责,你们随便哪个来都行,哪怕让我配合你们都行……"

　　包勇把石子扔回堆里,说:"搞企业嘛当然要吃苦啊。不过,我倒认为还是搞企业有意思。"

　　"不谈这个,要搞的话,我就向局里建议让你来……"

　　"别,我可没那个本事啊!"

　　"哎,小包,中午你们就不走了如何? 我们去长山镇的小饭店里,撮一顿喝两杯,我们已有好长时间没在一起了。"

　　"去长山镇? 那么远……"

　　"你要认为长山太远,就在我们的食堂怎样? 我们食堂就是条件差了点。"牛基实征求着包勇的意见。

　　"你们食堂? 行啊。"包勇倒是来了兴趣说,"你牛老板请客我们当然高兴了。我们确实有好长时间没在一起聚聚了。"

　　"你不要取笑了,要请客这儿很不方便,离集镇起码有十几公里。下次我到市里请你们怎么样?"说着牛基实又想起什么,在这儿吃饭,邢开连会不会有意见,肯定会说我舍不得,小气鬼……

　　"嘿,小包你怎么来了?"路小群不知什么时候跑了过来,叫道。

　　"小群?"包勇说,"我和小邢一道来的,来看看小牛这儿的石子。我们都河码头要用石料,陈局长让我们过来看看。你们新长路监理组忙不忙？都河大桥结束后,你就没到我们那儿去过,对吧?"

"差不多吧。"路小群点点头,"新长路太长,有30多公里。监理组人员又少,总共才5个人,什么计量啦,检测啦,化验啦……总之什么都要搞,你说忙不忙?"

"那是忙一点。"包勇说,"再忙也不能忘了我们呀,抽点空去我们那儿看看,我们毕竟在一起工作了那么长时间吧……"

"我也想去,昨天还同贺主任说到你们呢。"路小群停了一下,又说,"你们今天来看得怎样? 这儿的石头我看过了,硬度和强度都还是可以的,码头上用完全可以。"

"你呀也不要为小牛的轧石厂做广告搞宣传了,我们今天来主要是请牛大经理支持我们,保证供应我们那儿的石子的。"包勇本想拿小群开开心,可一想邢开连今天也一道来了,急忙转弯说了后半句。

"不会吧,牛基实不会是那种无情不给面子的人吧?"路小群望着包勇说。

"哪能呢,我们就是加班加点轧石头,也要保证小包用石料啊。"牛基实说着忽然想起了邢开连,"哎,小邢呢? 他怎么一转身就没了影子?"

"啊,小邢到票房去了。"包勇解释着,"不管他,他一会儿就来的。"

"小牛,小包和我们都是老朋友了,中午怎么安排呀?"路小群问。

"我们已经说好了,就在他们食堂……"

"在食堂?"路小群对牛基实说,"你也太抠门了吧,人家难得来一次你竟在食堂招待……"

"小群,你别武断地批评人嘛。"牛基实说,"这是小包他自己非要在我们食堂的,我有什么办法?我还是想去镇上,他不肯呀。"

"小包,你也是的,人家当了大经理了,你还在为他省什么呀。"路小群显然对这种安排有点不满。

"就在食堂方便,到外面去要跑好远的路。"包勇解释着。

"我们这儿简陋点,条件差,厨师的手艺也不行,只能是吃饱。"牛基实也很实在地对包勇说,"这样吧,我们还是去长山镇吧,镇上的条件总归比我们山里要好多了。"

"去长山镇?我看长山镇的小饭店还不如你们的小食堂。"路小群补充一句。

"食堂就食堂吧,都是老熟人老朋友,在食堂还自在些。"包勇说,"下次去我们那儿聚聚,我们那儿比你们这边离城里近。小群,你也去啊。"

"没问题。"路小群很坦然地说。

牛基实看到一个小青年,喊道:"小王,王建国,你马上去通知食堂,告诉胡师傅,一会儿有三个朋友来吃饭,请他务必弄几个菜。快去,我们一会儿就过来。"

王建国刚走,邢开连从票房出来,见牛基实与路小群和包勇在一起,顿时一股无名之火从心底燃起,他又无法改变面前这一事实。他只有心里暗暗叫苦,真不知路小群什么时候又冒出来的。按他的想法,路小群是鬼迷心窍,牛基实有哪点值得让她看上,他有什么魅力让她着迷紧追不舍?但他实在没办法,人家确实与自己分手了,同这个小黑皮谈啊。面对他们在一起这一事实,他真是心有不甘啊,实在不情愿就这么输给了牛基实。现在看到他们又在一起,便快步过来想插进来把他们之间的清水搅浑。

"小邢,我们就在这儿吃过饭再走吧。"包勇见邢开连过来便对他说道。尽管包勇对邢开连一个人在票房待这么久有意见,但他们毕竟是一起来的,所以还是征求他的意见。

"在这儿吃?满地石粉尘埃飞扬,你能吃得下?"邢开连开口就带着挑衅的口气,"你看牛基实这蓬头垢面,他也没要我们在这儿吃饭的意思呀!"

路小群正要说话,包勇说了:"小邢你怎么能这么说呢?轧石场是有些粉尘,食堂又不在这儿,在山的后面,还有一段路呢!放心,那儿不会有什么粉尘的。"

"你看,牛基实这身着装。"邢开连想让牛基实尽快离开他们。

牛基实很清楚邢开连讨厌他,他见邢开连一开始就对自己这么不友好,本想说你爱上哪儿上哪儿,只是碍于包勇的面子才不与他计较。他马上说:"邢监理,我们这些干活的人一身泥水一身尘土是常事,比不得你们这些文人秀才坐办公室。不过放心,我马上去换下工作服再去洗洗脸来陪你们……"

"泥水和尘土有什么,我记得有位伟人曾赞扬过农民,别看他们腿上沾着泥巴,脚上有牛屎,但他们的心最红,革命意志最坚定,要比……"路小群斜了一眼邢开连正想说下去,怕把话说得太重了,连忙住口。

邢开连对路小群真是没有办法,她不仅是贺金苹跟前的红人,更是路业清的女儿。她怎么刺激他,他都不敢公开反抗,只好忍气吞声。这时,王建国跑来告诉牛基实,他老远就大声喊着:"牛总,今天太巧了,胡师傅说,早上一个山民抓了只野鸡被胡师傅买下了。"

"太好了。"牛基实一听来了兴趣,"小包,托你们的口福,我们今天也能尝尝野味了。"

"小牛,你们在这山里野鸡野兔不是常有的事么?"包勇听说中午有野鸡,马上想到山里的野货来。

"不瞒你们说，野鸡野兔倒是蛮多，经常听到野鸡叫声，看到野兔蹦蹦跳跳，那次……"他本想说路小群为看那只野兔被蛇吓得要命，突然看到路小群就在他不远处，马上改口道，"那次我回家时一下发现两只大野兔，可惜我没有猎枪，不然的话起码可以弄到一只。"

"要是我呀，一有空就上山去打野味。"包勇感到实在有点可惜。

"这样，王建国，你领这儿几位领导去食堂，顺便让胡师傅快点弄饭。我去换下工作服，洗洗脸，一会儿就过来。"牛基实吩咐着。

路业清回到局机关，机关的工作人员都下班了。下班，他也要到办公室看会儿文件，处理一下当天的事务，这已成路业清的工作习惯了。他打开办公室的门，开了灯，桌上已放好了一叠文件。文件旁放着一个文件袋，封得好好的，文件袋上有苏秘书给他的一个纸条，他拿起来扫了一眼。本想把它放到一边去，他脑子一转不知不觉地看了一遍：

路局：

今天下午新长二级公路 C 标项目部黄建文经理给您送来一份资料，现呈放在您的桌上。请查收。

此

小苏
即日

路业清看完苏秘书的留条，心里大感不解，C 标黄经理给我送什么资料？我没有向他要过资料呀，他有什么资料也应该送到新长路指挥部呀！他难道还有什么困难和问题？路业清拆开材料袋,展现在他面前的是崭新的五扎百元人民币和一张纸条。他大吃一惊,这是为什么?他没有马上去把人民币整理一下,两眼飞快地扫视纸条的内容。

纸条是黄建文写的,意思是,新长二级公路 C 标,他们中标后非常高兴,当然也非常感谢路局长的关照与支持。最后还一再说明,这是在中标后给路局长的酬谢,与中标工程无关,千万别误会……

他放下纸条,把这一扎扎人民币放回资料袋里,站起身皱着眉头提来水瓶倒了杯水。望着这刺眼的资料袋,他的心潮始终不能平静,按理说施工单位中标进场后与他就没有什么关系了,也不存在有什么营私舞弊行为。将这些钱退回去,自己落个干干净净。他又一想,就这样退给他们也太没意思了,倒是便宜了这些施工单位。对当事人来说没有一点教育作用,说不定下次又要给别的人送去,有可能把别人给害了。收下吧又能怎么样呢?有一点可以肯定,收下这钱暂时不可能有事情,万一三五年之后或者更长时间,他们单位发生了问题,那不是要牵连到自己?我路业清的勤恳为民,一心为交通事业的功绩和清白一生不就被这几万元钱给毁了么?做了一百件好事,就这一件受贿的罪名就彻底完了呀!怎么办? ……他端起茶杯边喝边思考,收下来肯定是不行的。我路业清也不需要这个钱,再说政府给我的薪金已足够用了,妻子和女儿的工作也不错,收入也不低,我要那么多钱干什么?人哪,总要知足才行,不然就是个地地道道的贪污犯。他思索了半天也没有找到处理好这个问题的办法。他想打电话给纪委书记,请他来一下把钱交给他。如果这样他本人倒是没有事了,但对施工单位来说影响可就大了,下个工程的招投标纪委肯定会干预,不让其中标,这不是要损害一个单位的利益吗?怎么办? ……他又想,马上把黄建文叫过来当面狠狠批评一顿,然后让他把钱带回去。他想这个方法不是不可以,但这样一来他们公司会怎么想,会不会给工程带来负面影响?怎么办?……正当他没主意时,他忽然看到苏秘书给他的纸条,对,把小苏叫过来。这件事是他接下来的,再由他来处理,也是顺理成章的事。他拿起电话:"喂,是小苏吗?……对,这里有件事情,你马上过来一下有空吗?……对,我在办公室,你能不能现在就过来……我等你啊。"

路业清放下电话开始翻阅文件,他刚把文件处理完,就听到有人敲门。他知道这是苏秘书来了,忙应着:"进来……"

苏秘书一进门就问:"路局,我来了,您有什么事情要办?"

"来,坐下。"路业清客气地说,"下午黄建文来找我,是他将这个封存好的资料袋交给你,要你转给我的?"

"是的。"这个精明的秘书,路业清一向十分喜欢,他不仅材料写得好,符合路业清的口味,在处理事务上也从没有丢三落四的现象,干脆利落,让人有种爽快的感觉。现在苏秘书见路局长问起下午的事,回答得也十分清楚:"下午您在市里开会,黄经理来找您。我告诉他您不在,有事最好明天来,如果有急事就请留个条子我们转告路局。他问什么时间能回来?我说,这个就说不准了,也许时间长要到下班后,也许局长有事不回局里了。他想了一会儿从包里掏出资料袋,说是新长二级公路的资料,请您审查。我叫他送给新长公路指挥部陈局长,他马上说,陈局长那儿已送了一份,这是与您说好的,让您提点修改意见……"

"与我说好的?"路业清又问,"你打开看了没有啊?"

"他封得好好的我就没看。"苏秘书说,"再说这是指名给您的,我就没有打开看看。"

"哦,我现在给你看。"路业清掏出资料袋里的钞票,"小苏,这就是黄建文给我送来的资料……"

苏秘书一见这么多人民币，倒吸了口气，嘴里喃喃地说："怎么会是这样呢？"

　　"现在社会上送礼行贿的人各式各样都有，也可以说无处不在。小苏，今天让我开了眼界，也让你开了眼界。不过，这些人送错了对象，他还不了解我路业清的人品和为人。"路业清边整理桌上的文件边说，"小苏，你觉得这事应该怎么办比较好呢？"

　　"路局，我从来没遇到过这种事，还真不知怎么办为好。"苏秘书既不了解路局长的心思，也不知怎么办为好。他看到这么多钱，路局长把他叫来，这就充分证明，路局长不是个爱财之人，也不是一个见利忘义的贪官。今天路局长能当着他的面把钱拿出来，足以证明路局长想把钱退回去或者上交。至于是退还是上交他心里倒没有底，牵涉到领导的政治前途，还是少说为好……

　　"这么多的钱，小苏你看可不可以把我这个局长给撤了，再送进牢房啊？我路业清的一生清白，几十年的辛苦，就要毁于一旦了。"路业清把钞票又重新装进资料袋，说，"其实我拿了这个钱就要为他们办事，下次他们找我，我就没有理由推掉他们，被他们牵着鼻子走了。这个钱让我在他们面前永远矮一截，而且整天会提心吊胆的，不知他们什么时间出事会牵连到自己。你说是不是这样啊？算起来，这些钱还不到我一年的工资和奖金，不值得冒这个险啊，再多的钱也不值得。"

　　路业清见苏秘书没有话说，马上吩咐道："我想了，他们已经中标了，这事也不能做得太绝，但又不能不让他们吸取教训。我看这样，你打电话叫财务科长来一下，把钱收起来开张发票，进工程建设资金账户。我写个便条，感谢他们给局工程建设送来这笔建设资金，建议他们以后不要这样做，这是一种违法犯罪害人害己的行为,聪明的人拿到这个条子和发票定有启发,下次他们绝不会再做出这种事来……"

"对。"苏秘书忽然明白过来,"这样既给他们留了面子,也没有得罪他们,局里还多了一笔建设资金。不过局长,您的做法和人品着实让人钦佩。其实,这笔钱您收下后,怎么说都没有问题,找不到您的。他不是直接交到您手上的,是由我转交给您的。我又没有直接交到您的手上。即使上级追查下来,您完全可以不承认……"

路业清说:"这样就行了?当然如果我死不认账,别人也不能把我怎么样。不过,那样我的心里总是有块阴影,对吧?"路业清坐在办公桌前拿出信笺给黄建文写便条。便条写好后装进信封交给苏秘书,说:"小苏这事就到此为止,你明天还得跑一趟,亲自去把我的这信和发票交给黄建文。"

"没事,等明天财务科开出发票我就去一趟。"苏秘书接过路业清给他的信说,"路局,不是我在您面前说恭维话,您这个人真让我们敬服。现在社会上这种事太多了,有好多人看起来很清廉,实际上不知贪了多少。您在局长位子上人家怎么送您都不要,像您这样的人现在实在不多。"

"别人怎么做我管不了,我得想想我的政治前途,想想我的家庭。说句时髦话,我得想想我还是不是个共产党员,入党时的誓词……"他们正说着,财务科王正明科长来了。路业清把文件袋交给他,说道:"这是新长二级公路 C 标给局里的一笔建设资金,你过个数,明天开张发票交给苏秘书。"

王正明正要问,路业清说:"不要问为什么,你开张发票给苏秘书就行了。"王正明将钞票仔细地数了一遍,说:"路局,整整五万。"

路业清点点头:"走吧,今天耽误你们休息了,我也回家了。"路业清说着,同他们一道走出办公室。

十四

星期六一早,路业清出门前对朱丽华说:"丽华,今天贺金苹同吕宏伟结婚,人家专门打来电话,还让小群带来了请柬,你别忘了把准备好的礼物给人家送去啊。"

"放心,我不会让你丢面子的。"朱丽华说,"那今天你还要到哪儿去呀?"

"我们安排好了,分头检查客运市场的安全工作,事先都说好的,不好再改变了,晚上你就不要等我了,直接去红都饭店吧……"

"老爸,那你早点回来同老妈一块去不好吗?"路小群蹦到他的面前说。

"看情况吧,我能早点回来就尽量早点回来。"路业清又对朱丽华说:"你也修饰一下,找件好点的衣服,到店里去做做头。到时也不要让人家说我路业清的老婆这么寒碜……"

"对,老妈,你是该去修饰打扮一番了。"路小群对路业清说:"老爸,这你就放心吧,包在我身上。"

路业清一走,路小群就催促朱丽华去美容美发店烫头。朱丽华拗不过女儿的软磨硬缠,终于花了二百多元钱做了一次面膜又烫了头。她走出美容美发店,女儿搂着她的胳膊说:"老妈这下起码年轻二十,我老爸见了肯定会更加喜欢……"

"你胡说什么呀？没上没下的,居然拿老妈寻开心。"朱丽华嗔怪地说了女儿一句。

"真的,老妈这样一打扮,既漂亮又年轻。"路小群说得非常肯定,"你不信,等老爸回来问问他。我相信老爸会说,我路业清的老婆虽然年纪大了,可还是很有气质,很漂亮的哟。"

"老妈丑吗?"

"不不,我老妈年轻的时候一定是个大美女。"路小群调皮地说,"就是这几年有点不大注意修饰,显得老气横秋的。老妈,我倒建议你,以后过两个月就到这儿做做面膜。你越发年轻,我老爸越会喜欢的,别的女人也就不会来与你竞争了……"

"去,少给我贫嘴,你越说越没谱了。"朱丽华故意拉下脸。

"好好,我不说了。不过我倒要提醒你,老妈,我老爸大小也是个领导,引诱他的女人多的是,你要是不注意,让别的女人把我老爸给勾去了,那真是我们家的不幸啊!"

"让他去吧,他看中哪个,就叫他到哪儿去。我又不需要你老爸来养活,我自己有工作……"

"真的?"路小群心里在想,我老妈现在嘴倒硬了,前晌还为这些事与老爸吵个没完,吃贺阿姨的醋呢,现在贺阿姨结婚了,她倒硬起来了。

"真的。"她们母女俩说说笑笑回到家,路业清就打来电话给朱丽华,让她自己去红都饭店,他一会儿直接过去。朱丽华放下电话,就去取准备好的礼品了。

贺金苹的婚宴结束时,路业清看了一下表对朱丽华说:"丽华,我们现在回去时间还早,刚才吃了那么多,又喝了那么多酒,顺便走走活动活动……"

"行啊。"朱丽华也来了兴致,"我们有好长时间没有一块儿兜兜风了。"

他俩拐了个弯,从一条小巷穿过,来到解放大街。街上灯火辉煌,行人川流不息,虽说现在是夜晚,但可以讲城市的夜晚比白天还要繁华,人流胜于白天。朱丽华挎着路业清的左臂缓缓前行,像这样亲热地挽着臂膀漫步在大街上,她已记不清是什么时候的事了。今天参加贺金苹和吕宏伟的婚宴,她本来就非常高兴,她这种兴奋的心情除了自己的丈夫路业清之外,别人是难以理解的。尽管贺金苹在天天聊茶社找她坦露胸怀并对她解释过了,让她放心了许多,知道贺金苹不会与自己争夺丈夫路业清。可她总认为贺金苹是个寡居单身的女人,他们过去又是恋人,一个寡居单身女人曾经与自己的丈夫又有那么一层关系,不能不说是个威胁。现在好了,贺金苹结婚了,有了自己的男人,这个隐患终于彻底解除了。就凭这一点,她能不高兴吗?

路业清因为酒喝多了,真想弄杯凉茶喝个痛快。他掏出手机给家里的女儿小群打电话,告诉她,他们已经结束了,马上就到家了,让她倒杯茶凉着……

哪知女儿告诉他,茶早就准备好了,知道他喝了酒回来要喝茶,她已倒了一大杯等着呢。

他马上夸女儿:"还是女儿好,女儿最了解爸妈……"

"你要喝水,那我们就早点回去?"朱丽华侧过脸问道。

"你不想走啦?"路业清望望她。

"你喝了那么多的白酒,烧得难受,还是早点回去吧。"她关切地说。

路业清和朱丽华一到家,小群马上就端来凉茶。路业清接过茶杯,咕嘟咕嘟喝了一杯,放下杯子高兴地说:"真爽!"

"妈,今天贺阿姨还好吧,她打扮得怎么样?"路小群问。

"你贺阿姨今天打扮得还真是很漂亮……"朱丽华说着。

"你们用不用卫生间,要是不用我就先用一下了。"路业清说。

"你去吧。"路小群说着,"妈,你讲呀!"

朱丽华望了他一眼又说:"你贺阿姨穿着一身雪青色套裙,本来就漂亮的脸庞又淡淡地画了眉,就是年纪大了点,不然真有点白雪公主的感觉。今天,你老妈幸好也打扮了一下,才显得不是那么苍老。"

"吕老师呢?"小群又问。

"吕老师,我已几年没见他了。我一去,他就迎上来同我打招呼,他还记得我。不过,吕老师不大喝酒,喝了一小杯就满脸通红。你贺阿姨酒量可好了,你爸敬他们俩的酒都是她一人喝。吕老师怕她喝多了,劝她注意点。她说,放心吧没问题。女人这么能喝酒,我今天还是第一次见到。你贺阿姨真是好酒量,她一杯一杯的。你爸今天也喝了不少,当时我又不好阻拦……"

"爸,你没问题吧?"小群听说老爸喝了不少酒,见他在卫生间这么长时间都没出来,不放心地对着卫生间喊着。

"没问题。"路业清在卫生间里答着。

朱丽华来到卫生间门口:"老路,你怎么回事,每次上卫生间都那么长时间,你完了后不要冲掉我来看看,啊。"

"不要紧的,你就是那么大惊小怪。"路业清在里面说,"不要打搅我。"

朱丽华和女儿都说:"你这么长时间还有没有完……"

"你们呀就是这么烦。"路业清不耐烦地说,"好了,我出来就是了。"说完放水冲掉大便……

"哎,叫你不要冲掉让我看看,你这个人怎么回事?"朱丽华埋怨着。

177

路业清走出卫生间,说:"你不怕臭啊,便后随手就冲掉了。"

"我要看看你的大便是什么形状……"

"不用看,有棱有角的。"路业清不在乎地说。

朱丽华见路业清毫不在意,她回身拿起电话拨通了医院普外科袁主任家的电话:"喂,是袁主任吗……有个事想请教一下……我的爱人大便一直不畅。这几天尤为困难……他的大便形状啊,有棱有角十分明显……痔疮? 他好像没说过,那好,我再问问……"

"十男九痔,这有什么好大惊小怪的。"路业清在一旁小声说。

"嗯……他好像有一段时间了,查一下……您有时间吗? 袁主任……好,明天上午……好,就这样。"朱丽华放下电话对路业清说,"明天上午袁主任有空,他到医院去查下房,顺便给你检查一下……"

"不行,明天我有事。"路业清说。

"老路,明天是星期天,你又能有什么大事? 再说了,去检查一下要多大功夫,这点时间都抽不出来?"朱丽华责问着。

"老爸,去查一下吧,查了后你放心,我们也放心呀。"路小群也帮着妈妈催路业清去医院检查。

"我已同袁主任说好了啊。"朱丽华说,"可能你也知道,袁主任也不是一般的人能请得动的。人家忙得不得了……"

"老爸,去吧,身体要紧……"

"是啊,工作忙,可身体也重要啊。"朱丽华又说,"你不仅要对你自己负责,还得要对我们这个家负责呀。"

"对,老爸,我明天也陪你去医院。"路小群也为老爸鼓劲。

"去,你去干什么? 老妈陪同就行了,你还是有什么事做什么事吧。"朱丽华制止女儿。

"好吧,明天去查一下。"路业清在妻子和女儿的一再劝说下终于答应到医院检查了。

在新江医学院附属医院的外科室里,朱丽华陪着路业清来到普外科主任室。外科主任医师袁道明正等着他们。他昨天晚上接到内科主任朱丽华的电话,想请他为她的爱人路业清检查一下直肠有没有问题。本来他想让路业清做个直肠镜,可朱丽华说先请他查一下,如果确实需要做直肠镜,做进一步检查,她再联系进行直肠镜检查。从朱丽华的口气中,他听出病人现在的情况用手指就可以摸出来。他也清楚朱丽华的爱人路业清是交通局局长,人是个好人,在市里口碑不错,一心扑在工作上。袁道明听了朱丽华的介绍,马上答应道星期天上午来医院普外科查一查。

当朱丽华推开袁道明办公室的门,袁道明抬头一看马上招呼着:"来啦,朱主任……"

"麻烦您了,袁主任。"朱丽华回头向丈夫路业清介绍着,"老路,这就是袁主任,今天专门在这儿等我们的。"

"谢谢!"路业清伸出手与袁道明主任握手。

"不用客气,路局长,来这边坐。"袁道明拉开一旁的椅子。等路业清坐定后,袁道明取下眼镜问道:"怎么啦,哪儿不舒服?"

路业清把这大半年来的大便不畅情况简要说了一遍。朱丽华在一旁又插上来说:"他在大便时,常常是一坐就好长时间,昨天就在卫生间待了一个多小时。他还经常有大便排不尽的感觉,另外大便严重变形,像是有什么东西堵塞一样。我要看看他的大便形状,他老是不注意又放水冲掉了,我一直没看到究竟怎么样。我估摸着……"

"这样吧,我现在摸摸怎样?"袁主任征求着他们的意见。

"行啊。"路业清十分爽快地答应着,可他的心里却在暗暗诅咒这该死的病症。如果要进行手术那就糟了,局里还有许多事情等着去处理呀。如果没有问题就太好了,但愿啊。

袁主任戴上薄薄的塑料手套,见路业清仍坐着不动,说:"路局长,请你把裤子解开吧。"

"这……"路业清有些为难的样子。

朱丽华关上门对路业清说:"把裤子解开,让袁主任摸摸你的肛门。"

"没关系,朱主任是你的夫人,不是外人。"袁主任对路业清说。

"啊,对不起。我不是这个意思,我是想这样有点脏,麻烦你了。"路业清说着解开裤子弯下腰,准备让袁主任检查。不过他心里一直默默地祈祷,但愿一切正常没有事啊。

"路局长,我们做医生的还能怕脏? 这就像你们交通一样修桥铺路流血流汗,是应尽的职责。"袁主任说着把右手中指慢慢地从路业清的肛门里伸进去……

路业清只觉得肛门内胀得难受,他本能地收缩了一下。袁道明倒没有因为他收缩而松手,相反手指向里用劲伸得更深,接着又在里面转着摸着。路业清忍受着……

袁主任摸了一会儿,皱皱眉头抽出手指说:"好啦,你以前出过血没有?"

"大便带血?"路业清一边提起裤子,一边说,"偶尔也有过。"

"有什么问题吗?"朱丽华忙问。

"朱主任,我现在说不清楚。"袁主任说,"路局长也是个明白人，我就直说了。我刚才摸了一下，确实摸到一个东西。说实话，我也不好断定是什么，好在离肛门很近，约有三四公分深……"

"有多大？"朱丽华急急地问。

"大倒是不太大。"袁主任见朱丽华有点着急，马上改口说，"东西确实有一个，我估计有两种可能，一种是直肠上的一个血栓。如果是血栓，倒是最为理想，没有大问题，我也希望是血栓……"他停了一会儿又说："另一种可能是个肿块……"

"肿块？"路业清忙问，"要紧吗？"

袁道明主任看了一眼朱丽华，说："说实在的，在这个部位，问题倒不大，也容易治疗。不管是血栓还是什么，最好还是手术切除比较稳妥……"

"非要手术？"路业清又问，他主要考虑局里还有许多急事在等着他处理呀，一旦手术，那至少也得十天半月。

"你没听袁主任说吗？这个部位最好手术切除。"朱丽华说。

"那我把一些急事处理完再做手术行不行？"路业清又说。

"工作重要还是你的小命重要？"朱丽华不满地说，"我不管你有什么原因，有多充足的理由，明天必须住院。你要是不来我就找市长去说，我就不信当领导的连这点人情味都没有……"

"路局长，社会上有句话还是要听的，工作是党的，财产是子女的，身体才是自己的。人啊，什么都可以没有，不能没有钱，什么都可以有，不能有病。有病还是早点治为好，不能等到最后……当然，我们不是从政人员不知你们做官的情况，我只是从一个医生的角度出发看问题，给你提个忠告。"袁主任说道，"我建议你还是尽快安排住院治疗，你说呢？"

路业清沉思着没有说什么，他在想工作怎么安排。朱丽华受不了丈夫这个样子，急急地说："你不为你自己着想，总得为我和女儿着想吧，女儿还没成家，看你这个样子有什么好犹豫的呢？"

"袁主任，真的有那么严重吗？"路业清又问道。

"路局长，有些事是很难讲清的。这一点朱主任也清楚，我现在只是个判断，结果究竟怎么样还得进一步检查才能确定。"袁主任继续说着，"当然最好最为理想的情况是血栓。可话又说回来，即使是血栓，也最好还是把它切除为好。"

"好吧，我明天上午把工作安排一下，下午就来医院住院……"路业清几乎是咬着牙说出来的。

"你去安排吧。"袁主任尊重他的意见。

"袁主任，明天上午，我就替他把住院手续给办了。"朱丽华对袁道明说，"到时候还得请您帮忙啊。"

"没问题，我一定尽力。"袁道明爽快地答应朱丽华的请求。

路业清整整一个下午都坐在办公室里，他要把近期的工作安排妥当，把该批转的文件批转下去，该签发的文件签发掉。最后他放下笔，想着一旦住院，至少要一周，住院前必须开个党委会，将有关工作交代一下。党委会上的议程安排了一下，他又认真地思考一番，一切基本想好了才拿起电话通知办公室朱主任，要他通知全体局党委成员和局领导班子，明天一早开个局党委会，研究近期的工作。

他把一切都准备停当，站起来活动一下身体，想着应该给蔡市长请个假。他拿起电话又放下了，对蔡市长怎么说呢？在局党委会上怎么说都可以，蔡市长是市里的领导，对领导应该实事求是有什么说什么，总不能编造一通谎言欺骗领导吧。当然，他住院的事，在向蔡市长说明情况后还得请蔡市长为他保密，不然看望他的人来往不绝还真应付不了。

想到这儿，他拨通了蔡市长的手机，蔡市长正在县里检查农村城镇建设情况。他刚讲了两句，说要请个假有点私事，蔡市长急忙问他什么事，他便照直把在医院检查的情况和医生的意见如实作了汇报。

蔡市长足足有五秒钟没有说话，他见蔡市长没有反应，马上说道："如果市里有活动有困难，我就推迟一段时间，再做手术……"

蔡市长马上说，自己现在考虑的不是工作，而是他的身体。要他安心住院治病，住院治病有什么困难尽管说，在住院期间交通有什么工作，自己会找其他局长的，让他放心，好好地养病，身体要紧。

他告诉蔡市长，明天上午准备开个局党委会把近期的工作进一步明确一下，各司其职分头进行……最后，他请求蔡市长为他保密，对外就说省交通厅组织外出考察……

蔡市长反问他："为什么不如实说明？"

他说："现在社会上的一些陋习还是比较流行，有些人知道他生病住院了，他住院的病房恐怕人来人往不断。"他坦率地告诉蔡市长："我倒不是标榜我这个人有多么清廉，我是想图个清静。"

"你呀，这样的事只有你路业清能想得出来。好吧，为你保密。"蔡市长马上补充着，"如果蒋市长要找你或者省交通厅要找你，我可不能帮你说谎哟。"

"那当然，领导要找我，那是另当别论……"路业清放下电话，觉得自己轻松了许多。他现在只有一件事，就等明天开完党委会，然后就安安心心地躺到医院病床上休息了。他望望这熟悉的办公室，心里在想，这五年来还是第一次生病去住院。以往有个发烧咳嗽总是妻子给他吃点药，这回不行了，真的要到医院

183

的病床上躺上几天了。这人啊，真的像袁主任说的，什么都能有，就是不能有病啊，这有病的日子不好受啊……

路业清刚刚喝了一大杯番泻叶，闭着眼静静地躺在床上等着腹腔翻腾拉空肚子。旁边的16号床是个年轻人，早几天急性阑尾炎发作开了一刀，这会儿已出去转悠了，病房里很安静。他想睡会儿，就是大脑不让他休息：一会儿是客运市场的整顿，一会儿又是新长二级公路的施工，再就是都河码头……不知过了多长时间，他迷迷糊糊中觉得有人轻轻地推开门，轻手轻脚来到他的床前。他使劲睁开眼，一看是牛基实。他一骨碌坐起来："小牛，你怎么来了？"

"我是来向您汇报的。"牛基实满面尘土，"路局，我们那儿出事了，爆破石头有几个人被炸伤了……"

他仔细一看，牛基实头上也在淌着血，血已流到了腮帮。

"怎么回事，有没有炸死人？"

他一急，从梦中惊醒，睁开眼，见女儿小群和牛基实站在床边。

"爸，你醒了。"路小群坐在他的床沿边拉着他的手，"刚才你吼什么？怪吓人的。"

"哦，刚才做了个噩梦。"路业清神志完全清醒了，见牛基实还站在一旁，说，"坐啊，小牛。"

小群拉开一张小方凳，招呼牛基实："坐呀。"接着又对路业清说："爸，你做了什么梦啊？我觉得，你吉人自有天相，没事的。"

路业清侧过身，问牛基实最近轧石场怎样。

牛基实简要地汇报了轧石场的生产情况。路业清紧接着说："采石场的爆破和你们的轧石料都要十分注意安全工作，要加强安全督查，千万不能出安全责任事故。"

牛基实点点头："路局，您放心，我一定对安全措施再仔细检查一次……"

"喂，你们能不能不谈工作？"路小群打断了牛基实的话，"到了医院里还在谈工作，一天到晚还有完没完？"

牛基实被路小群一呛，自己觉得有点错了便不再说话。路业清见牛基实有些尴尬，换了口气说："好，好，是老爸不好，与小牛无关。我们不谈工作。"他停了一下问女儿："你见到你妈啦？"

"我们刚从老妈那儿过来，不然怎么知道你住这儿。"路小群说，"爸，是我告诉小牛你生病住院的，你不会怪我吧？"

"不会，不过，再不要告诉其他人了啊！"路业清笑着对女儿说，"小牛是自己人，对吧？"

路小群点点头答应着。

"小群，你去问你妈，我先前喝的那个番泻叶到现在肚子好像还没有动静，要不要再吃其他的药啊？"路业清说。

"那我去叫我妈。"路小群刚准备去找，朱丽华推门进来了。

一进门朱丽华就问："老路，怎么啦？"

"没怎么，那个番泻叶我已喝了好一会儿了，可肚子到现在一点动静都没有。"路业清说，"要不要开点其他药吃吃？"

朱丽华看了一下表，说，"这样吧，再过两个小时如果还不拉，再吃其他的药吧。"她望了一眼路业清的杯子，番泻叶已干瘪了，"你喝水呀，这番泻叶是中药，对人体没什么副作用，西药对人体多多少少总有些不利的因素，赶紧泡水喝，要多喝水。"

牛基实听说要路业清喝水，多喝水，忙弯腰替路业清的杯子加开水。

朱丽华站了会儿，对女儿小群说："小群，把你爸拉起来活动活动,增加肠胃的蠕动,躺在这儿不动自然就慢了。"说完她出去了。

路小群按照妈妈的意图拉着路业清的两手:"起来吧,老妈说了要增加肠胃的蠕动……"路业清被女儿纠缠得没法子,只得起来在病房里来回踱步。

牛基实小声对路小群说:"我们还是先走吧,明天手术时我们再来吧。"

"好吧。"路小群站起来对路业清说,"老爸,我们先回去了。这儿有我老妈,我回去给老妈烧饭。"

"哎,你们忙,明天就不一定来了,这儿有你妈,我这个手术也不是什么大的手术,放心吧。"路业清关照他们。

"明天肯定来的,你放心好了。"路小群说,"我妈可是医生啊,你要听话啊。"

路业清一听女儿用教训的口气对他说话,挥挥手:"去吧去吧。"

新江医学院附属医院住院部的 6 楼手术室门口,围着一二十个人,他们有的坐着,有的站着,也有的扒在铁栅栏边,一个个眼巴巴地望着里面手术室的大门。他们焦急地盼望着等待着,总希望自己的亲人快点从那扇大门里安全出来。有人问,什么时候令人最焦虑最揪心,应该说在医院手术门口等待自己的亲人从手术室出来是最急切的。只要手术室的那扇大门一动,外面的这些人目光就会不约而同地一起射过去,谁都想看看是不是自己的亲人,怎么样了。

路小群和牛基实两个自路业清进了手术室后,就坐在铁栅栏旁边,两眼不时地朝里面瞅瞅。没有动静,还是没有动静……路小群心里在暗暗地埋怨朱丽华,老妈也真是的,怎么到现在也不出来说一声，早知道这样我也弄一身白大褂穿着混进手术室。其实她不知道，即使她能弄到一身白大褂，也进不了手术室。手术室门口有个年老的职工在把着门，不认识的人一个也不让进，有的本医院的职工也被挡在门外。

朱丽华一早就来到路业清的病房，她一直陪伴着丈夫一起进了手术室。手术室的护士、麻醉医师、主刀医师以及主刀医师的助手，她都一一事先打好招呼。她对丈夫的手术，可以说是费尽心思，每个细小的环节都想到了。在她看来，只要不是恶性肿瘤，怎么都好办，当然最好是无碍大局的血栓。她很清楚，在这个部位，直肠癌发病率是比较高的。

路业清按照护士的吩咐躺在手术床上，麻醉医师开始为他注射麻药。朱丽华这时想起女儿小群在门外等着一定很着急了，她转身出来告诉女儿并要他们不要急。

当手术室门一开，等候在门外的人一齐拥向铁栅栏。朱丽华走到铁栅栏边，告诉小群和牛基实，现在已经开始进行麻醉了，一会儿就开始手术，叫他们放心。说完刚要转身进去，路小群就喊着："老妈，你给我弄一套白大褂，我也好进去看看老爸呀……"路小群说。

"别胡扯，这儿是手术室不是办公室，你以为是什么人都能进的？"朱丽华理解女儿此刻的心情，又安慰着说，"放心，老妈在你爸身边还不行吗？"

朱丽华两手插进口袋又走进手术室了。外面又显出暂时的安静，人们又开始静静地等候，静静地企盼着。

路业清被推出手术室时，朱丽华一直举着吊水瓶紧紧跟在手推床边。路小群一见路业清从手术室被推出来，赶忙挤到门口并用命令的口吻对牛基实说："快，去把电梯给我按上来！"

路小群候在门边,路业清的床刚从里面推出来,床沿碰到铁栅栏门边,路小群就叫了起来:"慢点! 轻一点!"说着她抢上去推着,低下头问:"老爸,你现在怎么样啊?"

　　"你爸睡着了,不要叫醒他。"朱丽华告诉女儿。

　　进了电梯,下楼,又慢慢地进入病房,一切是那么顺利。手术室的两个男同志和牛基实一起把路业清轻轻地移到病床上。朱丽华将举着的吊水瓶交给牛基实挂到床边,连忙同手术室的人打招呼:"谢谢你们哟……"

　　牛基实的手还未放低,路小群就叫道:"牛基实,你给我举好,把吊水瓶挂挂好……"

　　憨厚的牛基实笑笑说:"不要紧。"路小群马上呛了他一句,"什么要紧不要紧,这是我爸,对你当然是不要紧……"

　　"小群,你怎么能这么说话?"朱丽华瞪了女儿一眼,又对牛基实说,"小牛啊,小群见他爸这样子心里着急,你不要往心里去啊。"

　　"朱阿姨,小群心里不好受,我能理解。"牛基实体谅地说。

　　"这孩子就是这样,经不得一点事,往后可不能这样任着性子发脾气。"朱丽华说,"小牛,把上面挂吊瓶的钩子挪一挪。"

　　路小群几乎伏在路业清的床头,眼睛红红地轻声喊着:"爸,爸……"

　　"你烦不烦呀,告诉你了你爸现在很累要休息一下,他睡了就让他睡会儿,别再打搅他。"朱丽华训斥着女儿。

　　路小群没办法,只好离开。她见朱丽华把便盆放到床下,问:"妈,我爸的手术怎么样啊?"

　　"没关系,是个血栓,最理想的一种。"朱丽华又关照女儿,"现在没事了,我去护士值班室一下,你爸醒了要尿盆就在下面,让小牛拿给他,知道吗? 这么大的人了还像个不懂事的孩子。"

路小群朝朱丽华努努嘴,又靠近路业清的床头,仿佛她可以替父亲分担部分的痛苦。

十五

路业清在医院住了一个星期,出院的第二天一早他瞒着妻子就上班去了。他一进局机关大门,传达室的赵师傅一见他,吃了一惊,忙问:"路局,您身体不舒服?几天不见您瘦了一截,脸色也不大好。"

路业清点点头,告诉他最近身体不适做了个小手术。赵师傅关心地说:"路局,您要多休息啊,身体要紧啊!"

离上班还有一刻钟,路业清径直上楼来到办公室。这办公室已有一个星期未进来了,他第一步跨进去就觉得有股新鲜感。他刚坐定,手里的文件还未来得及翻,就听到陈振林的大嗓门喊起来:"路局,好你个路局,你把我也给骗了啊。"陈振林一步跨进来,路业清刚要站起来同他握手打招呼就被他制止了:"别动,让我看看。嗯,瘦了,瘦多了。"接着他就像机关炮似的:"你这个小老弟也太不像话了,明明是住院动手术硬骗我们是省厅组织出去考察。我当时一听就有点纳闷,省厅组织考察怎么这么突然,事先一点消息都没有。可你老弟说得有鼻子有眼的,我也只得信以为真了。直到昨天下午,我到新长路监理组,监理组的人给小群打电话,小群一时说漏了嘴,我才知道。你的保密工作做得真到家了,连我这个共事十多年的老战友都瞒着,一点也不让知道……"

"不是瞒你老兄,我是实在招架不住那些人的冲击。"路业清说,"你老兄也是知道的,我住院的事被那些人知道了,我的病房不就成了接待室了,那样我还能休息呀?明明一个星期可以出院的,那样两个星期也出不了院,我也是实在没办法,不得已而为之啊。"

"按照党员干部有关规定,党员干部及其家属有重大事项应向组织报告。你老弟没有说明情况,就凭这一点给你个违纪处分,不过分吧?"陈振林开玩笑地说。

"对不起,我已事先向市里有关领导打过招呼请过假。不信,你问问蔡市长。"路业清也振振有词。

"嘿,还抓不住你的小辫子啊。"陈振林笑着说,"怎么样,身体行不行啊,不行就回家休息两天,我们有事向你汇报还不行吗?"

"现在好了,没事了,真的。"路业清说,"你不用讲啊,当时从手术房出来还真有点难受。朱丽华说我睡着了,其实我难受得闭着眼。小群叫他们慢点轻点,这倒是真的这样,只要推车一震,我就像从云层端上往下坠落一样,头脑阵阵发晕……"

"还是女儿疼老爸呀。人家说女儿是父亲的贴心小棉袄,看来这话真不错。"陈振林说,"小群这孩子还真懂事……"

他俩正说着,其他几位局长也一起来了。路业清见大家都到了,提议着:上午开个碰头会,怎样?

路业清在碰头会上首先向大家做了说明,他是因病住院一个星期没来上班,不是参加省厅组织的考察。他之所以说谎,原因主要是想在医院里清静些,少些干扰,请大伙谅解……

其他几位局领导客气了一番,各自汇报介绍了分管的工作。

最后,路业清说了句玩笑话:"我这次闯了一次鬼门关,阎王爷说我们新江的交通工作还没有做好,又打发我回来再和大家一道继续努力。希望大家放手工作大胆干,有什么困难和问题我们共同解决。革命尚未成功,同志仍需努力……"

有几位领导提出,路局长刚刚出院,身体正处在恢复期,建议路局长少活动,少往外面跑。如果非要出去跑的话,就让其他领导去。陈振林说了句实话:"我最清楚路局长的脾气,我们的建议是好的,可路局不可能听,更不会执行。我看我们大家一起发扬路局的这种忘我工作的精神,共同为新江市交通事业的繁荣兴旺齐心协力。"

碰头会开了两个小时就结束了。路业清喊来张建兵,说马上去都河码头看看……

这几天,天气一直不好,天气预报天天都有雨,而且雨量都是中到大,局部地区有大到暴雨。路业清几乎是怕看天气预报,但又不能不看,交通工程在某种程度上还希望老天爷帮忙才行啊。他担心的新长二级公路的路基和都河码头工程,这两个工程正处在关键时刻,万一来一场山洪暴发,很有可能被洪水冲垮呀。

下班回到家,天气又闷又热,这是雷阵雨来临前的预兆。路业清心里越烦越觉得天气闷热,他脱下衬衫,背心已经汗湿了。自前晌手术之后,他就觉得身体大不如以前了,稍一劳累或天气不好就觉得心里发慌。他这几天常叹,人啊,上了年纪到底不行了,何况他又伤了元气,这不怕你不服啊。

朱丽华见他满脸是汗,背心都湿了,连忙递给他毛巾,又打开空调。他还说:"不热,开什么空调呀?"

"不热?那你满脸是汗,连背心都湿了?"朱丽华心疼地说,

"老路啊,不要不服老,你想硬撑可身体不让你硬撑,别忘了你手术后一直就没有好好地休息过。"

路小群开门进来,高兴地说:"还是家里凉快,外面热死了。"

"你看你,稍热一点就受不了了,今后你怎么生存?"朱丽华不满地说着女儿。

"嘿,老妈你别老在说我呀,你不也开了空调凉爽凉爽吗?"路小群最不喜欢别人说她今后不能生存了。

"你搞搞清楚,是你爸回来我才开空调的。"朱丽华白了女儿一眼。

路业清在阳台上拉开窗,整个天空像只黑铁锅罩着地面,昏昏沉沉,云层越积越厚、越压越低,闷热的空气中饱含着水汽,气压低得令路业清有一种窒息的感觉,使他烦躁不安。他站在窗前,汗水仍旧直流。他现在倒不是担心这鬼天气,而是在为新长公路新筑的路基和都河码头工程担忧,只要一场大暴雨就很可能冲得一塌糊涂……

路小群过来问:"老爸,阳台上这么闷热,你还在这儿干吗,还是到房间里凉快凉快吧。"

"天热,出点汗舒服些,老在空调房里待着容易得空调病的。"路业清虽这样说,身体却没挪动一下。正当他望着天空中翻滚的乌云时,远处一道闪电划破长空,他想一场雷阵雨是肯定少不了的了,但愿不要下得太大太猛啊,他心里在默默地祈祷着。

女儿小群也过来站在他身边,父女俩带着不同的心情面对着这昏暗的天气。

忽儿,一阵凉风吹来,小群深深地吸了一口气,高兴地说:"好凉爽啊!"

路业清说:"凉爽的后面是大雨啊……"他的话还未说完,紧接着就是一道雪亮的闪电和一声霹雳炸雷。路小群像只受惊的小兔子一下抱住了父亲。路业清起初也是一惊,但很快便镇静下来,望望受惊的女儿,笑着说:"你看你这个胆小鬼……"

"胆小又怎么样,这是女孩的本性。"她把父亲抱得更紧了。

闪电越来越频,雷声也越来越密。在电闪雷鸣中,忽然一阵哗哗的声音,仿佛千军万马急驶而来,天空整个黑了下来,随后就是哗的一声,大滴大滴的雨点砸落下来。路业清望着这黑黑的天空,只见电光闪闪雷声隆隆,一个炸雷接一个炸雷,那瓢泼大雨砸落在地上击起雨雾。他心里暗暗祈祷,早点停下来吧,但愿这暴雨就下在市区呀,长山地区千万不要下这么大的雨啊!

雨,没完没了地下着,足足下了一个半小时,街面上的积水已经很深了,自行车的半个车轮都淹没在水里,一些机动车辆慢慢地行驶着。车辆行驶再慢驾驶员也不敢熄火,只要熄了火,水就会从排气管流进去,那样就再也发动不起来了……

路业清回到客厅拿起电话,首先打到新长公路的几个标段,询问了雨水情况,在得到工地上的确切情况后,又打电话询问都河码头施工现场,询问都河水的水位和涨势。工地上如实地向他汇报后,他要求值班人员提高警惕,多注意观测,洪水随时都会上涨,要尽快做好防范措施,一有情况立即报告。

在路业清处理这些问题时,朱丽华自始至终都在他身边。见他打完电话放下话机,说:"这下你好放心了,几个工地上都没问题,你也该休息休息了。"他望望一旁的妻子,点点头。

其实,他的心里并不平静,新长公路的路基还未压实,长山上的山洪一旦冲来,那个后果是不堪设想的。还有都河码头刚刚浇筑的混凝土,洪水一冲整个码头都得重新开始……他躺在床上眼睛一闭,仿佛铺天盖地全是滔滔洪水。他在床上翻来覆去,怎么也睡不着,一直辗转到凌晨两三点钟才迷迷糊糊朦朦胧胧地睡着。不过,对面楼房哗哗用水声很快又将他惊醒。他坐起来一看表,才四点多一点,外面的天才有一点蒙蒙亮,雨水虽然停了,但漫天乌云仍旧笼罩像是又有大雨来临。他想打电话给张建兵让他把车开过来,他要去新长公路那儿看看水系处理得怎么样,路基会不会被山洪冲塌。又觉得时间太早,张建兵辛苦了一天现在正是睡得最香的时候,还是让他再睡会儿吧。

朱丽华睁开眼借着蒙蒙夜色,见丈夫坐在那儿发呆,轻声问:"你怎么啦?天还没亮就不想睡了?"

他重新躺下,说:"你睡吧。"他躺着,可怎么也睡不着,为了不影响妻子休息,他只好静静地躺在床上,这种挨时间的假睡比什么都难受。他等了一会儿又一会儿,实在难以忍受时再次看看表,又过了半个小时。他估摸着现在起床去新长公路指挥部大约两个多小时,到那儿也快七点了。于是,他毫不犹豫地起身拿起电话给张建兵打了电话,说他要去新长公路指挥部,张建兵答应着很快就到。

朱丽华坐起身,不满地叹口气:"人家小张跟着你也倒了霉了。"他回过头望了妻子一眼,没再说什么……他知道,她们也跟着受罪。

路业清赶到新长公路建设指挥部时,天又下起了雨。他推开指挥部的大门,值班的几个小青年正在洗漱,他们一见路局长进来,都吃了一惊……

路业清问他们:"昨晚的雨水怎么样,大不大?"

工程科的王建锋告诉他:"昨晚后半夜风雨交加,很大,直到天亮才稍稍停止,现在又开始了……"

"那新筑的路基排水沟渠疏通没有?"路业清问。

"前天陈局长专门召开会议,我们也一再催促 A 标和 C 标,要他们抓紧疏理,昨天下午好像还没有疏通。"小王说,"最危险的是 C 标大杨山段,那儿路基还没来得及加固,泥土才新堆上去,就遇上了这场大雨,而且大杨山往下的那条溪水原准备造座水泥桥,桥还没动工,施工单位施工时不注意还把水路给堵塞了一半,临时搭建的木桥很可能要被洪水冲垮。那一段弄不好,很有可能要拖整个工程的后腿……"

　　"那我去看看。"路业清一听情况严重,说着就要往外面走。

　　王建锋招呼着:"小李你在家值班看着电话,小陈和小姜我们跟路局去 C 标大杨山地段。"他们刚出门,雨又下大了。王建锋见路局长坐的是桑塔纳轿车,赶上两步对路局长说:"路局,C标大杨山地段路不好走,还是用我们这儿的越野吉普车吧。"

　　路业清一想也是,桑塔纳的底盘低,就对张建兵说:"你就在这儿休息休息,有事我给你打电话,我坐他们的车去工地。"

　　雨,越下越大,吉普车在雨水中摇摇晃晃地行驶在临时便道上。不远处的群山在云层中隐隐约约,山峰完全笼罩在云雾中,近处的农田也变得模糊不清,山坡上的农作物根本就看不清是什么,凹地里的水田虽栽种着水稻,但看上去却是一片汪洋。路业清透过雨帘向外察看着,沿线的施工都停下来了。他心里暗地里诅咒这老天不帮忙,现在正是施工的黄金时节呀,可眼下是一派停顿景象。

　　前面是一条小溪,现在的小溪已不是原先那个潺潺流水,溪水唱着歌儿奔向远方的可爱情景了。眼下已变成了滔滔河流,河水滚滚,临时搭起的便桥在洪水中颤抖着。王建锋谨慎地驾驶着越野吉普车缓缓地行驶,过了桥,路依旧是那么难行……

　　路业清拿出手机拨打 B 标项目部的电话,电话响了好一会儿才有一个女人来接。路业清问："经理呢?"

那个女人告诉路业清,秦经理昨晚一夜都没睡,今天一早还发着高烧又跑到工地现场去了。路业清一听,心里在说这个秦治水简直不要命了。他马上又问:"你们常经理呢?"对方马上又说:"也去了现场。"

路业清"啊"了一声,关上手机,扭头望着外面的雨水,这老天好像根本没有停止的意思。他只好拨打秦治水的手机,秦治水正组织人员疏通水沟。他一听路局长的电话,报告说雨水太大,新堆的路基怕被水冲垮,他正调挖掘机开条渠道,把水引到河沟里去。路业清又问:"常经理那儿怎么样?"

秦治水告诉他,常经理那儿现在应该没问题了,那边的路基本来就差不多了,加上那儿地势比较平缓。

路业清问明了情况,叫王建锋往前开,去大杨山看看秦治水。他刚说完,手机响了,他一看是陈振林打来的。他一接电话,陈振林马上就问他在那儿,说一早朱丽华就给自己打了电话,说他出去了,要他注意身体。陈振林还特意关照他:"你最近身体不太好,再大的事有我们帮着顶,你在家指挥就行了。"

他告诉陈振林,他已到了新长路的 B 标,又说:"都河码头是不是请你们去看看,那儿也是个关键的部位。"

陈振林马上告诉他,自己就在都河码头,那儿的情况还好,问题不大,请他放心。

路业清与陈振林通完电话,问王建锋大杨山还有多远,王建锋告诉他不到两公里。

车仍在颠簸,此刻外面的雨好像小了一些。路业清的两眼一直盯着车外。突然,他眼一亮,看到几台挖掘机正在挖掘着,大约有二三十个人穿着雨衣在雨水里又是挖沟又是拖着大块塑料布准备挡护路基。

路业清下了车,后排的小姜赶快为他撑起雨伞。王建锋递来一件雨衣,路业清穿起雨衣。秦治水见路业清来了,赶忙跑过来,他真是一身泥水,开口就说:"路局,您身体不好怎么到这儿来了?"

　　"你怎么样?吃得消吗?"说着,路业清上前一步伸手去摸秦治水的额头。

　　"没事,我年轻,能抗得住。"秦治水说,"路局,您放心好了,我秦治水再有三个小时,挖开三米宽的水沟,路基再用塑料布全部护住,基本就不会有问题了。"

　　"塑料布够吗?"路业清问。

　　"够了,前天指挥部召开紧急会议后,我们按照指挥部的要求,就到市里拉回来了三车。"

　　路业清看了看这满地的雨水,正要说什么,他的手机响了。他拿起手机,是蔡市长的秘书打来的。他一接,蔡市长已经知道他到了新长路。蔡市长告诉他,都河码头没有问题,自己已经让陈振林来新长路负责。现在要他赶快赶往通往省城的高速公路,在62公里处路面已经漫水。蔡市长告诉他,自己在蔡家门处的铁路边,那儿已有一处开始塌方,形势严峻,万一影响铁路通行那问题就大了。最后,蔡市长告诉他,今年这五十年不遇的特大洪水,交通系统的干部职工要有思想准备,做好打硬仗打恶仗的准备……

　　他关掉手机,神色严峻地对秦治水说:"这儿就交给你了,不过你也要注意身体。我现在得马上赶往高速公路,那儿有点问题,刚才蔡市长来了电话。现在的洪水形势严峻,你们要做好充分准备,要动员所有力量打好抗洪这一仗。"说完,来不及与秦治水握手道别,转身就走了。

　　路业清又上了车,这时他只觉得自己有点疲惫,但在几个小青年面前仍旧那样精神饱满。车在雨地里一摇一摆地摇晃着，王建锋紧紧地把握着方向盘。这位仅有三年驾龄的年轻人此时格外谨慎，他清楚他身边的路局长身负重任，万一有个闪失，那问题就大了。

车沿着来路返回，过了 B 标路段又到了那条小溪的便桥边。这时的便桥已被山洪冲刷得不能通车了，汹涌而下的山洪已漫过桥面。

王建锋一见这水势，停下车，望望路业清："路局，这怎么办？看来车是不能过了。"路业清看了一下水势，说："你把车倒回到高处，我让张建兵把车开过来，我们先涉水过去……"

"这是很危险的。"王建锋担心地说，"万一失脚……"

"危险也得过，没有万一……"路业清推开车门下了车。

王建锋对后排的小姜说："小姜，你们几个全力保护路局，我把车倒好就过来。"

路业清望了望水势，抬腿挽起裤管，试试水流，开始涉水过河。小姜的裤子还未来得及挽好，见路业清下水了，便抢先一步去搀扶路业清。

路业清回头朝小姜笑笑，说："你还是松开我，那样万一我被水冲走你也得跟着被冲走，与其两个人同时被冲走，还不如一个人被冲的好。"

小姜仍旧紧紧地挽住他，说："我不要紧的，我会游泳……后面的人也跟上来了。"路业清马上制止着："你们慢点，万一出危险，你们离我们远点还来得及撤回，我们没有问题你们再过来也不迟。"

小姜紧紧地挽住路业清的胳膊，总共才 20 多米的便桥，他俩一步步慢慢地摸索着前进。当他们走到桥中间时，一阵洪峰袭来，路业清脚下落空，身体立刻倾倒，小姜一把抓住路业清的衣服,谁知路业清歪倒,俩人迅速被冲入河里……

后面的人连忙大喊,这时他俩已经落水。王建锋奔跑过来,见到眼前的情景惊呆了,就这几分钟时间怎么会这样?他就倒了下车,将车停到高处跑过来就晚了,他后悔极了。

浑浊的洪水很快吞没了路业清和小姜。王建锋和其他几个拼命地喊着,沿着河水往下游追去……喊声在四周回荡,传出去很远很远……

十六

小姜跌落水后情知不好,他还想拖住路局长,不料自己被什么东西顶了一下,本能地松开了手。经过一番挣扎,被洪水几上几下地折腾,他连呛了两口水,只觉得昏昏沉沉没有力气再与洪水抗争了。正当这时,他仿佛觉得触摸到一些杂草,杂草在他脸上漂移,他一把抓住。就在他抓住杂草的时候,他的身体被挡住了。他意识到,是河边的老柳树,于是他紧紧地抓住了柳条……

王建锋见水面上浮出一个人,兴奋地奔过去……当他们把小姜拖到岸边时,小姜已没有力气,不停地吐着水,嘴里喃喃地说:"快……路局,快救路……路局……"

王建锋将小姜抬上岸见他没有什么大问题,又继续往下游找去。"路局,路局……"的喊声越来越急,越来越响,人数也越来越多……

平时不起眼的小溪,这会儿两岸人声嘈杂,许多人在河的两边奔跑……

　　王伯能来女儿家,这几天被雨水挡住没有回得去。女婿要他多住几天,说他平时很少来,这会儿下雨,正好就多住几天吧。他见这么大的雨水,路上难走,也就住下了。

　　上午,王伯能跟女儿冒雨去菜地看看,他觉得在家里待着也憋得慌,便出去转转。刚出门就听到外面人声嘈杂,乱哄哄的。他停下脚细听了一会儿,好像有人在喊"路局,路局"的。他问女儿:"你听到了什么,是不是有人在喊路局长?"

　　王晴梅也停下脚步,也听到了,对父亲说:"是有人在喊路局长。"

　　王伯能嘴里喃喃地说:"不好,路局长可能有事。"说着撒开腿就往河堤上奔过去……王晴梅见父亲往河堤跑去,也跟着追过去,边跑边喊:"爸,你慢点……"

　　上游的洪水已给这平时河水极少的小溪猛添了威力,汹涌的河水急急地往下游冲去。王伯能上了河堤,沿着河堤往上游寻声追去,嘴里还在喃喃地说:"路局长怎么啦,路局长,你怎么啦?你千万不要有事啊!"

　　王晴梅上了河堤四处瞅瞅,河水已涨到河堤边,堤下的杨柳已被淹没得快到顶了。她见父亲一个劲地往前奔,就在后面一再喊父亲慢点慢点。她也担心父亲一不小心跌入河水里。正当她边跑边看时,一个衣服似的影子在水中沉浮了一下。她停下脚步,揉揉眼睛,是不是看花了眼?不对,她马上否定自己的感觉,那确实是件衣服,不对,好像是个人,是不是路局长啊?她什么都顾不得了,扑向河里。好在小时候,她学过游泳,而且水性还不错。

　　王晴梅向前游了几米,一把抓住那件衣服。啊,是人啊!她高兴极了,在水里抓住那件衣服就拼命地挣扎,往岸边游。本来就没几米远,要不是水流比较急,她几秒钟就上岸了。在水中挣扎了一会儿,她抓住岸边的青草,回头一看,真的是路局长。

"快来人啊,路局长在这儿……快来人啊……"王晴梅急急地大声呼喊着,焦急、兴奋、疲惫,加之冰凉的河水,使得王晴梅的喊声嘶哑,喊声在河面上回荡,伴随着哗哗的河水传向远方……

"啊——路局长被晴梅救了?"王伯能停下脚步,他似信非信地回过头。的的确确,女儿的喊声又传入耳里,"来人啦,路局长在这里呀……"

王伯能确信了,他赶忙往回跑,边跑边喊:"路局长在这儿呀……"

"路局长在这儿呀",一个传一个,一个喊一个,两三公里的河堤上喊声一片,人们纷纷涌过来。王伯能第一个赶来,他见女儿浑身湿透坐在地上托着路局长,马上要女儿松手,解开路业局长的上衣扣,把肚里的水压出来。原来王晴梅刚才只急着把人救上岸,来不及想那么多,竟忘了抢救溺水者最简单的常识。父女俩见路局长嘴里不时地吐出水来,心急如焚,怎么办呢? 正当他们焦急万分之时,一个小伙子跑了过来。

"喂,小伙子……"王伯能喊着。

王晴梅一看是同村的张远平。马上喊道:"远平,快,快,回去打电话喊救护车。再到我家把竹床拿来抬路局长。"

张远平听说要叫救护车,马上掏出手机,拨打110……

"这下好了,路局长有救了。"王伯能高兴地说着。

"嘿,你打什么110呀,110是公安,打医院要救护车。"王晴梅要张远平重打医院的120电话。

"医院?"张远平一时倒懵了。王晴梅见他懵了,又喊道:"你愣什么呀,回去呀。"这时张远平倒是想起来了,一面回头一面拨打120,告诉急救中心,市交通局长落水刚被救上来,请快点派救护车来……地点在……

在新江市第一人民医院急症室里,两名医生正紧张地抢救路业清,三名护士按照医生的吩咐,一会儿插管一会儿量血压,一个在调节着心电图仪器……

市政府的012号车疾驶而来,直开到医院急症室门口,车上下来两个人。年轻人下车后紧跑两步,向迎面过来的护士打听,市交通局路局长在哪个病房,市领导来看他了。

护士望了他一眼,又看看跟在后面的中年男子:"啊,路局长? 你们跟我来。"转过弯病房门口全是人,护士指着说:"在这里面……"

蔡市长往里面看了看,这些人都伸长着脖子,往病房里面看,其实什么也看不到。大家都不作声,静静地等候着。病房的门关着,只透过一个玻璃窗可以看到里面,医生和护士在紧张地忙碌着。正当他们要询问时,王建锋回过头来,看见了蔡市长:"蔡市长,您也来了……"王建锋带着哭腔与市长打招呼。

"路局长在里面吗?"蔡市长急切地问。

"在,在里面……"王建锋点点头小声地说。

这时,门开了,一位医生出来,见门口拥着这么多的人,不高兴地说:"你们挤在这儿干什么?"

"医生,医生,路局长怎么样啦?"王伯能和几个人挤在门口急切地问着。

"医生,这是市里的蔡市长……"秘书陈书宏挤进一步,向医生介绍着。

"啊,蔡市长。"医生推推架在鼻梁上的眼镜……

"医生,路局长有没有危险?"蔡市长关切地问。

医生的面部表情明显地由阴转多云到晴，他往外挤了两步，告诉蔡市长："路局长刚刚苏醒，不过，他身体很虚弱，需要休息……"

"啊——"蔡市长终于松了口气，试探性地问，"我们能不能进去看看？"

"看看可以，但不要同他多说话，他太虚弱了。"医生反过身，招呼大家，"请让一让。"推开门，"蔡市长，请进吧，时间不能长啊，最好不要同他说话啊。"

路业清静静地躺在病床上，床头的医疗仪在不停地监测着。路业清闭着眼，面部罩着吸氧器，脚部吊着水，蜡黄的脸色显示着他是那么的疲惫和艰辛。蔡市长看着，心里充满了酸楚，暗暗地责备自己，路业清这样地玩命干，自己也有责任啊。蔡市长在病床边站了会儿，就轻轻地退出来。

走到门口关照陈秘书："去找下医院领导，给路业清同志以最好的护理，尽快让他恢复健康。"陈书宏刚要离开，又被蔡市长叫回来："还有，你再对医院领导说一下，能不能把附院的朱丽华同志请过来共同护理，她毕竟是路业清的妻子。"陈书宏答应着去了，蔡市长才拿出手机向蒋市长汇报并报告了路业清的伤情。蒋市长说："业清同志是个好同志，你现在代表市委市政府看望他，这很好。我抽空也要去看看他，顺便转告他的家人，希望她们能理解……"

路业清在医院里躺了两天，感觉一切都好了，就想尽快出院，他说有许多工作还在等着他呢。一旁的朱丽华很不高兴地说："你怎么这样呢？市里的领导一再关照要你好好养病，你怎么不识抬举呢？"

"市里领导关心，我就更要知足，不能躺着不干事呀……"朱丽华见说服不了他，就来了硬的："告诉你，路业清同志，你现在仍是伤员,如果你要是不安心养病的话,我就把蔡市长请来,把蒋市长请来,你看行不行……"

"呵,谁要请我呀?"蒋市长推开病房门说。

"嗨,蒋市长,您怎么来了?"朱丽华不好意思地说,"刚才老路不听话,闹着要出院,说有许多的事情急等着要做。"

"蒋市长,您这么忙还……"路业清正要坐起来就被蒋市长制止了:"别动,就这样。"

朱丽华忙搬过一张凳子让蒋市长坐下。蒋市长关切地问:"怎么样,好些了吗?"

"好多了,我正想出院,局里有许多事务还没处理呢。"路业清说。

"不急,我正想让你挑更重的担子呢。"蒋市长笑笑说。

朱丽华见蒋市长与路业清说话,她主动回避离开了病房,来到护士值班室与年轻护士说说话。

蒋市长见病房里只有他和路业清两人,说出市委的意图:"市委准备把你调出交通局,安排更重要的工作……"

路业清一听急了,马上说:"蒋市长,我现在的工作对我来说已很适应了……"

"你别说了,为了交通事业的发展,为了你自己的身体,市委经过反复考虑多次斟酌,还是把你先挪一下……"

"蒋市长,我从大学毕业到交通近三十年了,对交通的感情相当深厚。别的不说,就是交通的一些干部职工,他们为交通事业的发展做出的牺牲,时常让我感动不已……"路业清停了一下,例举了最近发生在新长公路监理组的一件事……

那是两个月前的一个星期五的下午,肖群正在整理资料,下班时间到了,电话也响了,她拿起电话,一听是她6岁的儿子打来的。儿子第一句话就问:"妈妈,你在哪儿呀?你回来呀!我想你。"肖群问他:"你放学了?"儿子说:"别的小朋友都是爸爸妈妈和姥姥来接,我是一个人回家的。"

"姥姥呢?"她忙问。

儿子说:"姥姥生病了,已有好几天都不来接我了,都是我自己一个人背着书包过马路回家。现在家里只有我一个人……"

肖群的爱人是一所高中的数学老师,工作压力又大又紧张。她告诉儿子,妈妈这个星期要加班,不能回来陪你,下个星期一定补上。

肖群的儿子说:"你总是下个星期,总是骗人说话不算数,我不知等了多少个下星期了……"

肖群说"下个星期一定一定",可电话就是没有声音,她喂了好几声,她儿子就是不理她……直到晚上,肖群的爱人回家后发现儿子在电话机旁已睡了,脸上还挂着泪痕。她爱人把儿子抱上床,儿子嘴里还在喃喃地喊着:"妈妈……"

"蒋市长,我听她们说了这事后,心里真不是滋味。我们交通的干部职工,做出的贡献和牺牲不是一代人啊,甚至下一代也搭进去了……"

蒋市长听路业清说着交通干部职工无私奉献的精神,眼圈都有点红了。不过他马上又告诉路业清,他去年听陈振林说过都河大桥项目经理徐军星期六晚上带儿子去游泳池游泳,儿子的衣服都脱了,他的手机响了。他一接电话,儿子就哭了,知道今天又游不成了。徐军挂掉电话告诉儿子:爸爸必须马上赶回工地,下次再陪你游泳。儿子噘着嘴就是不肯穿衣服,他没办法,只好把儿子抱出来交给妻子。当他上车时,还听到儿子哭着喊着:爸爸坏,爸爸骗人……

"蒋市长,我承认交通这几年确实是发展很快,但交通的干部职工也付出了不少呀。"路业清实事求是地评价交通取得的成效。

"老路,这一点市委和市政府都十分清楚。正是由于这一点,才要对你的身体负责,对你的家人负责呀,再让你这样玩命地干下去,万一有一天把你给累倒了,我们才是人民的罪人,也对不起你的家人呀。"

"蒋市长,你这样说就太严重了,我也没做什么事呀……"

"你还没怎么做,会躺在这儿?"蒋市长笑笑说,"市里决定,推荐你到市政协任副主席。不过,这要等政协召开会议选举后才能确认副主席职务啊……"

"这……"

"你不要以为你可以脱离交通了,如果你被选举为政协副主席,交通局的党委书记还是由你给我兼着,交通的大事还得由你去决策。"蒋市长交代说,"什么时候交通局的工作你能完全脱开,要看你把新的局长带得怎么样。明天,组织部的同志会来找你谈话的,我今天这是事先给你打个招呼。怎么样,还有什么意见吗?业清同志。"

"谢谢领导的关心,我服从市委市政府的决定。"他停了一下,又说,"我原想交通局长一职,在我之后由陈振林同志来担任,这个同志确实不错。不过他的年龄大了点,今年58了,一任也干不完。所以我想请市委考虑,能不能实职不给,给他个虚职调研员,怎样?"

"业清同志,你的想法与市委想到一起去了,蔡市长也提到这个事。"蒋市长停了一下,说,"这样吧,明天组织部的同志找你时,你把你的想法告诉他们。我现在还是那句话,你应该到市政府来工作,这才是你的优势。不过,现在政府工作的职位已满了,这事以后再说吧。你现在什么也不用想,先把身体养养好,啊。"

送走蒋市长,路业清思绪万千。他想得更多的,还是全市交通的发展问题……

后　记

　　一个星期后,路业清出院了,交通运输局办公室主任朱向荣专门找了一辆宽敞的车子,接路业清回家休息。

　　他一上车就吩咐驾驶员:"先去交通局,我要把几个要紧的工作向新局长交代一下,再谈谈我的一点想法。"

　　小车直接开到交通局的办公楼下,门卫的师傅走过来递给他一封信。这是寄自长山乡的信。路业清拆开一看,是长山乡的王伯能寄来的,先告诉他,山里的乡亲非常想念他,大伙非要给他写封信,请他出院后,在身体允许的情况下,到长山乡看看。另外还告诉他,他日思夜想的新长公路在前响的大雨面前经受住了考验,没有发生大问题,这几天开始复工了……

　　他拿着信边走边看,上楼来。陈振林在楼梯口等着他,一见面就说:"老伙计,我就知道你一定会先到局里来的,这会儿大伙都在等着你啦。"

　　路业清笑笑说:"知我者,振林也。"

　　当他走进会场时,新任局长干才胜和其他几位党委委员全都在场。干才胜替他拉开椅子,说:"路局,今天的党委会正等您呢。"

　　"嘿,等我？你们照原来的议程开吧。我只是个刚出院的伤员呀。"路业清轻松地说。

　　"其实,您在医院里一刻也没停呀,全市交通新的规划早就在您的腹中酝酿好了。"干才胜笑着说。

"要说全市的交通规划,我只是等着为新长公路剪彩呢……"

…………

四个月后,国庆节的前一天晚上,朱丽华坐在电视机前,看着新长二级公路顺利交工通车了,蒋市长、蔡市长、路业清等市领导走上台,为新长公路剪彩……市交通局长干才胜在讲话中说:"为了这条大道建设,我们许多的交通干部职工奉献出了无私的爱,奉献出了多少血与汗,这里面也包含着他们的家人,也做出了巨大的牺牲。在这里,我们要特别记住的是,我们的老局长、市政协副主席路业清同志差点把命都搭进来了……"

朱丽华看着看着,一行热泪沿着腮帮流了下来,这是一行幸福的泪啊……

"砰,砰……"

"谁呀?"朱丽华问道。

"开门,是我,小群。"朱丽华边走边说,"自己不会开门吗?"

朱丽华开门,路小群两只手里提着重重的东西。路小群一进门就说:"真是的,给我这么多奖品有什么用,发给我奖金多好啊。"

"还有奖品发给你?整天疯疯癫癫的,你们单位可能没人了,奖品都发给你了!"

"我是靠实力干出来的啊,你别老是看不起人呀。"歇了一口气,路小群又说,"老妈,告诉你一个好消息,王伯能家的度假村开业了,老爸说,这个假日要去他们那儿休闲一下,也表示祝贺吧。"

"真的吗?"朱丽华不信。

"我刚与老爸通过电话,不信,你问老爸。不管怎么说,人家也是老爸的救命恩人呀……"